光文社文庫

文庫書下ろし／長編時代小説

旅《たび》発《だち》

聡四郎巡検譚

上田秀人

光　文　社

この作品は光文社文庫のために書下ろされました。

目次

聡四郎巡検譚

旅発《たびだち》

第一章　安寧の終わり

一

女は弱し、されど母は強し。

古来、そう言われてきた。女は子を産めば強くなる。母は産んだ子を守り、育てるためにはなんでもする、なんでもできる。吾が子源義経《みなもとのよしつね》を助けるため、常盤御前《ときわごぜん》は夫の仇敵《きゅうてき》、平清盛《たいらのきよもり》に身を任せたとの故事もある。

「変わらぬの」

長女紬《つむぎ》に乳をあげている妻紅《あかね》を見ながら、寄合旗本《よりあいはたもと》、水城聡四郎《みずきそうしろう》は呟《つぶや》いた。

「なに」

声を聞きつけた紅が、娘の顔から夫へと目を移した。

「いや、母になろうともそなたは変わらぬと言ったのだ」

聡四郎は正直に告げた。

「それは、あたしが大人になっていないということ」

紅が眉を吊り上げた。

「違うぞ。褒めているのだ。人は簡単に変わる。たいしたことでもない一言の影響を受けて、奮起もするし、堕落もする。しかし、そなたは妻になろうが、母になろうが、昔のままでいてくれる。初めて会ったときのことを覚えているか」

「覚えているわよ」

ほんの少しだけ、紅が頰を染めた。

聡四郎と紅の出会いは、大川《おおかわ》にかけられた両国橋《りょうごくばし》の下であった。

勘定吟味役《かんじょうぎんみやく》に任じられたばかりで、なにをしていいかわからない聡四郎は、とりあえず最近幕府がおこなった普請《ふしん》のなかでも大きかった両国橋の修復に目を付けた。木材や普請に手抜きがないかを見つけるというつもりでもなく、ただどういった手順で普請がなったかを見に行った聡四郎は、じっと橋桁《はしげた》を見つめていた。

侍がなにをするわけでもなく、橋を見つめている。どう考えても不審でしかない。

その聡四郎を紅が見咎《みとが》めた。

江戸城出入りも許されている口入れ屋相模屋《さがみ》の一人娘の紅は、聡四郎を、仕事のない浪人が馬鹿なことを考えていると勘違いしたのだ。

「ついておいで、なにか仕事を探してあげる」

そう言って、紅は無理矢理聡四郎を相模屋へ連れて帰った。

それが二人の出会いであり、そこから紆余曲折《うよきよくせつ》を経て、今に至っている。

相模屋の一人娘として、気の荒い人足たちを取り仕切ってきた紅は、おきゃんである。旗本《はたもと》水城家へ嫁ぐに際し、身分を得るため当時紀州《きしゆう》藩主だった吉宗《よしむね》の養女となり、武家の女らしい所作や言葉遣いを叩きこまれてきたが、夫婦二人のときは地が出る。それを聡四郎は好ましいと言ったのだ。

「馬鹿言ってるんじゃないわよ。ねえ、紬」

照れた紅がそれをごまかすために、腕に抱いている娘を見た。

「ふふふ」

よく似た母と娘の風景に、聡四郎は笑った。

穏やかなときがそこにはあった。

「よくぞ、ここまで来たものだ」

聡四郎が感慨深いと口にした。

「そうね」

しっかりと紅が拾っていた。

「兄が病死しなければ、吾《われ》は水城家の家督《かとく》を継げず、厄介者《やっかいもの》になっていた」

厄介者とは武家で言う跡継ぎ以外の男子のことだ。四男だった聡四郎は、家督を継ぐこともできず、次兄、三兄のように養子へ行くか、長兄のもとで娶《めと》らず、実家の片隅で生涯を無為に過ごすかのどちらかであった。

代々勘定方《かんじょうかた》として、役人を輩出してきた水城家で、聡四郎は異端であった。算《そろ》盤《ばん》や筆ではなく剣にその才を開花させた。

「今時、剣で飯が喰えるか」

周囲はあきれたが、行き場のない四男を哀れんだのか、父は勉学をしろと意見をしつつも剣道場通いを認めてくれていた。

とはいっても新陰流《しんかげりゅう》柳生《やぎゅう》道場だ、一刀流《いっとうりゅう》小野《おの》道場だといった一流ではなく、浪人者か近所の町人が護身術代わりにと習いに来る束脩《そくしゅう》の安い一放流《いっぽうりゅう》入江《いりえ》道場ではあったが、聡四郎は夢中になって稽古に励んだ。

「行き場がないなら、跡を継がせてやるかの」

独り身だった道場主入江無手斎《むてさい》がそう考えるほどの腕になっていた聡四郎に、運命の転換が起こった。

父功之進《こうのしん》の跡継ぎとして、勘定所へ見習い出仕していた長兄が急病死してしまったのだ。

「なんということだ」

学問を好み、算盤を得手としていた水城家の跡継ぎにふさわしい人物として周囲からも期待されていただけに、その衝撃は大きかった。

だが、悲しみに暮れている暇はなかった。跡継ぎを決めておかなければ、なにかあったときに家が潰れる。功之進は葬儀をすますとすぐに、表右筆《おもてゆうひつ》部屋へ聡四郎を跡継ぎとして届け出た。

水城の家にふさわしい教育を受け、それぞれに少し格下の勘定筋へ婿養子として迎えられていた次兄、三兄を呼び戻すわけにはいかなかった。すでに他家を継いでいる一門だけで聡四郎がいないとあれば話は別だが、一応健康な男子がいる。

こうして聡四郎は、厄介者から嫡男《ちゃくなん》へと出世した。

「ふうん」

紅が口の端《は》をつり上げた。

「ということは、お義兄《にい》さまがご存命だったら、あなたをあたしが婿養子に迎えていたかも知れないんだ。意外とできるかもね。口入れ屋というのは、人足たちを黙らせるのが難しいけど、一度従わせたらなんでも言うことを聞いてくれるから」

おきゃんな町娘の口調で紅が別の未来を語った。

「無理だな。力尽くならなんとかなるだろうが、徳が吾には欠けている。徳なき者に、人は心から従わぬ」

相模屋の跡継ぎにはかなり足りないと聡四郎は謙遜《けんそん》した。

「十年くらい、現場で人足たちと一緒に汗を流せば、なんとかなると思うけどねえ」

紅が口を尖《とが》らせた。

「もしもの話であるしな」

女房の高値付けに、聡四郎は苦笑した。

「そうよね。今のあなたは六百石《こく》、ええと七百石だっけ、お殿さまだもの」

紅があきらめた。

竹姫《たけひめ》付きの御広敷用人《おひろしきようにん》を解かれた聡四郎は、その精勤を愛《め》でるという理由をもって七百石へと加増されていた。

「すなおに喜べないところが、なんなのだがな」

聡四郎は苦く頬をゆがめた。

「あの上様のことだから、くれた分以上の仕事を押しつけてきそう」

「上様の悪口はいかぬぞ」

露骨に嫌そうな顔をした紅を、聡四郎がたしなめた。

「いいのよ。上様はあたしの養父《ちち》なんだから。身内の苦情くらい、笑い飛ばしてくださるわよ」

紅が笑った。

「吾だけなら、どのような難題であろうとも、家臣として身命を賭《と》して尽力すればいいのだがな……」

言いながら聡四郎は、紅に抱かれて眠たそうにしている娘を見た。

「……」

紅も黙って紬を見つめた。

「やってくれたものねえ、上様は」

大きく紅がため息を吐《つ》いた。

「水城の妻は躬《み》の養女である。ゆえに、その産んだ娘は、孫に等しい」

吉宗は、わざわざ御休息《おきゅうそく》の間《ま》に聡四郎、紅、そして紬を呼び出し、小姓《こしょう》、小納戸《こなんど》、御側御用取次《おそばごようとりつぎ》などが居る前で、そう宣言した。

「これを取らせる」

さらに吉宗は、紬に守刀《まもりがたな》を下賜《かし》した。

「吉光《よしみつ》じゃ。嫁に行くときに持たせるがよい」

「…………」

さりげなく告げた刀名に、聡四郎は絶句した。

吉光は、四、五百年ほど前に山城粟田口《やましろあわたぐち》で活躍した刀鍛冶である。藤四郎《とうしろう》とも呼ばれ、正宗《まさむね》、郷義弘《ごうのよしひろ》とならんで天下三剣と珍重されるもので、一介の旗本の持てるものではなく大名道具であった。

「断るなよ。そなたにくれてやるのではない。爺が初孫に贈るのだ」

先回りして吉宗が聡四郎の口を封じた。

「か、かたじけのうございまする」

「…………」

平伏する聡四郎の様子に、あわてて紅が倣《なら》った。

「どれ、抱かせよ」

それだけで終わらせないのも吉宗であった。

身軽に立ち上がった吉宗が、御休息の間下段にいる紅へと近づき、紬をその腕から取りあげたのだ。

「あっ」

あわてて取り返そうとした紅だったが、咄嗟《とっさ》に気づいて手を止めた。

「すぐに返す。安心いたせ。これでも和歌山《わかやま》にいたころは、近所の子供の面倒を見たこともあるのだぞ」

吉宗が不安そうに見上げる紅を宥《なだ》めた。

実母の身分が低いため、当初紀州家公子として認められなかった吉宗は城下で生活していた。そのとき市井《しせい》に紛れて生活していた経験が、今の吉宗の根本となっている。

「ふむ、目元は紅に似たか。口元もそうじゃな」

紬と紅の顔を吉宗が見比べた。

「なににせよ、水城に似なんだが、よかったわ」

「…………」

「上様」

冗談を言った吉宗に、聡四郎は無言を貫き、紅が抗議の声をあげた。

「惚れた男を悪く言われては不満か。ほれ、返すぞ」

笑いながら吉宗が紬を紅の腕へと戻した。

「……ありがとうございまする」

子供を母親の胸に返す。当たり前の行為だが、相手が将軍ともなれば話は違ってくる。紅が頭を下げた。

「よかろうぞ」

御休息の間上段へ戻った吉宗の機嫌は良かった。

「水城」

「はっ」

呼ばれて聡四郎は手をつき、傾聴の姿勢を取った。

「紬をとくと育てよ。素直で、美しく、気高《けだか》く、そして賢くな」

「努力いたしまする」

吉宗の命に、聡四郎は首肯《しゅこう》した。言われなくとも吾が子の教育なのだ。親としてできるかぎりのことをするのは当然であった。

「紬が十四歳になったならば、躬《み》がよき婿を見つけてやる」

「……えっ」

将軍の言葉を聞いた聡四郎は、思わず驚きの声をあげた。

「下がってよい」

聡四郎の反論を封じるかのように、吉宗が手を振って出て行けと言った。

「……はっ」

御休息の間は将軍の居室である。ここには最後の盾と言われる小姓番が詰めている。御休息の間での反抗は、水城家に傷を付けかねなかった。

「ありがとう存じまする」

なにはともあれ、守刀をもらったには違いない。もう一度聡四郎は礼をして、御休息の間下段を出ようとした。

「ああ、待て。紅、竹《たけ》にも紬を見せてやれ」

続こうとした紅を吉宗が呼び止めた。

「わかりましてございまする」

紅がうなずいた。

「平川《ひらかわ》門で待っておる」

勘定吟味役、御広敷用人を勤めあげたとはいえ、今の聡四郎は無役の寄合旗本でしかない。大奥へ入ることはもちろん、用もなく城中での長居は遠慮すべきであった。

「はい」

御休息の間を出たところで、聡四郎と紅は一度別れた。

「あのあと、竹姫さまのもとへ出向いて、なんとかお願いしたけど」

紅がそのときのことを思い出して苦笑した。

竹姫は吉宗との一夜の逢瀬《おうせ》を心の支えとして、ふたたび大奥の片隅でひっそりとした日々へと戻っていた。一時は次の御台所《みだいどころ》として一目を置かれていたのが、嘘のように他人が寄ることもなくなっていた。

いや、うかつに竹姫へ近づき、吉宗の怒りを買ってはまずいと一層忌避《きひ》されている。

そんな竹姫のもとを訪れるのは一人、紅だけであった。

「躬の娘の往来を妨げるな」

吉宗がこう釘を刺してくれたおかげで、紅は大奥で足留めをされることはない。

「お邪魔をいたしまする」

赤ん坊を抱いていることで、紅の挨拶は軽く腰を曲げるていどになるが、局《つぼね》の主《あるじ》竹姫から姉として慕われているおかげで、誰からも咎められることはなかった。

「よくぞ、参った」

上段の間で退屈そうにしていた竹姫の表情が、一瞬で明るいものとなった。

「紬も連れてきてくれたか。近《ちこ》う、近う」

さすがに吉宗のような作法を無視したまねはしない。それでも竹姫が腰を浮かせながら、手で紅を招いた。

「どうぞ、お進みくださいませ」

「はい」

竹姫付き中臈《ちゅうろう》の鹿野《かの》がうなずくのを確認してから、紅が進んだ。

これも礼儀である。しなかったからといって咎められないが、竹姫を生涯かけて守ると誓った鹿野の想いを知っているだけに、紅は気遣わずにいられなかった。

「相変わらず義理堅いの、姉さまは」

竹姫が微笑んだ。

生涯を日陰者として過ごすと決めてから、竹姫は紅のことを姉と呼びだした。御台所になるかもしれないときならば、いかに吉宗の養女とはいえ、庶民の出でしかない紅を上に戴くことは許されず、心のなかでそう思っているしかできなかったが、もうどのような非難を受けても関係なくなったのだ。

竹姫は遠慮を捨てた。

「姫さまにはお変わりもなく」

「変わることなどないからの」

正面に腰を下ろした紅の挨拶に、竹姫が苦笑した。

「それは結構でございまする」

変わらないことこそ平穏なのだと紅が笑った。

「さて、姫さま。紬でございまする」

「おうおう、紬じゃ」

紅が差し出した赤子を落とさぬようにと必死の形相《ぎょうそう》で受け取った竹姫の顔が、すぐに溶けた。

「大きゅうなったの。重いわ」

竹姫が紬の重みを確認するように、軽く上下に揺すった。

「日々、赤子は大きくなって参ります」

紅が首肯《しゅこう》した。

「うんうん」

何度も何度も首を上下させせながら、竹姫はうれしそうであった。

「愛《うい》のう」

竹姫が紬に頰を寄せた。

「名付け親は血を分けた親と同じと申しまする。紬は吾が腹を痛めた子ではございますが、姫さまの娘でもございまする」

紅がやさしく言った。

「……よいのか。日陰となった妾《わらわ》が紬の母で」

泣きそうな目で竹姫が紅を見た。

「一人しか母のおらぬ普通の赤子に比して、紬は二人の母を持つ。なによりの幸せでありましょう」

紅がやさしげな顔で告げた。

「娘か……」

竹姫が紬を見つめた。

「幸せになって欲しい」

呟くように竹姫が願った。

「そのことでございまするが……」

先ほどの吉宗の言葉を紅が語った。

「上様がそのようなことを……」

竹姫があきれた。

「しかし、怒ってくださるなや、姉さま。上様は悪気があってそのように仰せられたのではございませぬ」

小さく竹姫が首を振った。

「将軍の孫ならば、それこそ嫁入り先は公家《くげ》、大名、よりどりみどりでございまする」

「女の幸せは、身分にございませぬ」

紅が否定した。

「はい」

しっかりと竹姫が認めた。

「ですが、裕福な家に嫁ぎ、生活《たつき》に困らぬのは喜ばしい話ではございましょう」

「それは……」

口入れ屋の娘として生まれ育った紅は、今日食べかねているという庶民の辛さをよく知っていた。

「上様はただ、孫に苦労をさせたくないとお考えになられたのではございませぬか」

竹姫が吉宗をかばった。

「…………」

紅が黙った。

「とはいえ、そのようなことをいきなり口になさるのは、上様としてふさわしいまねではございませぬ。鹿野、文の用意を」

吉宗へ無礼をしたと思い落ちこんだ紅を見て、竹姫が鹿野に命じた。

「これに」

局では毎朝、墨は摺られ、いつでも筆は使えるようにされている。鹿野が手早く巻紙と墨に浸した筆を差し出した。

「……これを上様へ」

さらさらと竹姫が文を認《したた》めた。

「なにを」

紅が問うた。

「十年以上も先の話をなさるものではないとお諫《いさ》め申したのじゃ」

叱るというより諭すに近い内容を竹姫が述べた。

「かたじけのうございまする」

「妾の娘でもあるのだろう。甘やかす爺を叱るのは母の役目じゃ」

照れくさそうに竹姫が頰を染めた。

「はい」

紅も笑った。

「……あのときの竹姫さまは、お美しかった」

大きく紅がため息を吐いた。

「そうか」

御広敷用人を辞めた聡四郎は、竹姫と会えていない。

「殿」

襖《ふすま》の外から家士大宮玄馬《おおみやげんば》の声がした。

「しばし、待て」

襖を開けるなと聡四郎が制した。

「…………」

授乳をしたまま話し込んでいたのだ。紅の胸がはだけられていた。

「書院に戻る」

「はっ」

大宮玄馬が聡四郎の言葉に従って襖から離れていった。

「行って参ろう」

「はい」

聡四郎が立ち上がり、紅が一礼した。

二

幕府の財政を立て直すために将軍となった吉宗は、まず手始めとしてもっとも金を遣うところであった大奥に倹約の大鉈《おおなた》を振るった。

先々代将軍家宣《いえのぶ》の御台所天英院《てんえいいん》、先代将軍家継《いえつぐ》の生母月光院《げっこういん》らの権威は、幕府老中《ろうじゅう》をも脅《おびや》かすものであったが、吉宗はこれを強権で押さえつけた。

吉宗の初恋であった竹姫との間を裂こうとするなど、天英院たちは抵抗したが、それを聡四郎たちは防いだ。

結果、竹姫との婚姻はできなくなったが、代わって大奥はその力のほとんどを失った。

「なにかと政《まつりごと》に口出ししてくる大奥の女は黙らせた」

御休息の間で他人《ひと》払いをした吉宗が腹心の御側御用取次加納近江守《かのうおうみのかみ》に話しかけた。

「お疲れでございましょう」

加納近江守がねぎらった。

「このていどで、疲れているとは言えぬわ。まだまだ天下の改革は端緒《たんしょ》についたばかりである」

吉宗が気を緩《ゆる》めるわけにはいかないと言った。

「畏《おそ》れいりまする」

「問題はだ……」

詫びた腹心に手を振って許しを与え、吉宗は新たな悩みを口にした。

「目付《めつけ》をはじめとする頭の固い連中じゃ」

大きく吉宗がため息を吐《つ》いた。

旗本、大名のなかには、吉宗を分家の出と侮《あなど》って、その命に従わないどころか、その指図に逆らおうとする者がいた。

吉宗の配下として奮闘している聡四郎の動きを掣肘《せいちゅう》すべく、何度か目付の一部が手出ししてきた。

厳しい吉宗の拒絶で、目付は聡四郎を排除できなかったとはいえ、その火が完全に消されたわけではなかった。

折を見て、またぞろ動き出すことは確実であった。

「おまえたちが、今まで幕府が腐るのを見過ごしてきたから、こうなったのだとなぜわからぬ」

吉宗は怒っていた。

「金のことなど武士は考えずともよい。いざとなれば百姓や町人から取りあげればいいだと。この泰平の世をなんだと思っている」

戦国乱世、大名たちのなかには戦で生き残るため、領内に重税を課した者もいた。

それはそれでまちがっていると言い切れなかった。

なぜなら戦に負ければ命がなくなる。死ぬのは大名と武士だけだと百姓や商人が思っているとしたら、それは甘いとしか言えない。

勝った大名は、新たな領地に無理を押しつけるのが普通であった。なかには人心を把握するため、年貢を引き下げる者もいないではなかったが、少数なうえ、減らしたとしても一年限りだった。

当たり前である。占領地のほうがよい待遇を受けているなどとなれば、従来の領民が黙っていない。同じ待遇を求めて一揆《いっき》を起こしてくる。

慈悲だけで大名はやっていけなかった。戦にかかった費用はどこかで稼がなければならないのだ。新しく領地を得たとはいえ、それらのほとんどは手柄を立てた家臣たちや、寝返ってきた敵の配下に分け与え、大名の手にはさほど残りはしない。増えた年貢で戦費を賄《まかな》うことはまずできない。となれば略奪することになる。軍神と呼ばれた上杉謙信《うえすぎけんしん》が、戦のたびに敵地から人をさらい、佐渡《さど》の金山や新田開発の奴隷《どれい》として売り払っていたのは有名な事実であった。義将といわれた上杉謙信でさえ、そうなのだ。他の大名は推して知るべしであった。

「未《いま》だに、その幻想を武士は持っている。金がなければ百姓から取り立てればいい。神君家康《いえやす》公もおっしゃっているではないか、百姓は生かさず殺さずでいいと」

吉宗は苦い顔をした。

徳川家にとって家康の考えは金科玉条《きんかぎよくじよう》であった。こればかりは、当代の将軍といえども逆らうことは難しい。

「だが、もうそのような時代ではない。一時《いっとき》の増収ではなく、百年の安定を図ることこそ肝要《かんよう》なのだ」

「お言葉のとおりでございまする」

吉宗が子供のときから従っている加納近江守は、その考えをよく理解していた。

「旗本どもに、それを知らしめねばならぬ」

「湯島《ゆしま》聖堂で教えさせましょうや」

加納近江守が提案した。

「それも妙案である。が、手間がかかりすぎる。教育というのは必須じゃ。なれど、その場で効果が出るものではない。今から教え諭して、その者たちが真意を呑みこみ、それに応じた働きをするには、二十年はかかる。その間、古い考えの連中が幕府の実際を動かしている。二十年だ。躬が生きているという保証はない」

「上様」

死を口にした吉宗を加納近江守が諫めた。

貴人は不吉を口にしてはならない。言葉には魂が籠《こ》もる。どうしたい、どうなればいいと思っているだけではさほど効果はないが、それを口に出し、他人に聞かせれば相応の力を持つ。これを言霊《ことだま》といい、身分の高い人ほど効果があると信じられていた。

「死ぬものか。躬の思いを受け継ぎ、倹約と改革を続けていってくれる次代が出てくるまで、躬は倒れることさえ許されぬ」

吉宗が険しい顔をした。

「……上様」

その悲愴《ひそう》な思いに加納近江守が面《おもて》を伏せた。

吉宗の嫡男長福丸《ちょうふくまる》は、天英院の意を受けた女中によって毒を盛られ、一命は取り留めたものの、まともに言葉が出なくなっていた。

「すうう」

音を立てるほど息を吸った加納近江守が手をつき、上半身をまっすぐに伸ばして吉宗を見上げる諫言《かんげん》の姿勢を取った。

「………」

無言で、なにを言われるかわかっている顔で、吉宗が促した。

「お側《そば》をお召しくださいませ」

側室を設けてくれと加納近江守が言上した。

「竹姫さまのこと、長福丸さまのことがあったと知ったうえでの願いでございまする。なにとぞ、なにとぞ」

「…………」

腹心の要求を黙ったまま吉宗は聞いていた。

吉宗の正室《せいしつ》は、和歌山藩主だったころに死んでいた。

伏見宮《ふしみのみや》家の娘だった理子《まさこ》女王と吉宗の仲は悪くなかった。吉宗の子を身ごもったが、残念ながら死産となり、さらにその産後の肥立《ひだ》ちが悪く、亡くなった。

理子女王の身分が高かったというのもあるが、吉宗はそれ以降竹姫と出会うまで継室《けいしつ》は求めてこなかった。

といっても、和歌山藩主が妻も子もないでは藩士たちが困る。吉宗もまだ若く、男としての欲望もある。そこで紀州藩主のころは江戸表《おもて》と国元にそれぞれ側室を置いていた。

嫡男長福丸も、その側室の一人、須磨《すま》が産んでいた。

長福丸の生母、紀州藩士大久保忠直《おおくぼただなお》の娘須磨は吉宗の寵愛《ちようあい》深く、長福丸を産んだ一年後にも懐妊したが、難産のため母子ともに死んでいた。

そのほかにも側室はいるが、なぜか吉宗はまだ大奥へ入れようとはしていなかった。

「なにとぞ、なにとぞ」

最愛の女との邂逅《かいこう》が二度とないとわかった吉宗へ、追い撃つような仕打ちではあったが、家臣としては跡継ぎ問題を無視はできなかった。

加納近江守が平伏した。

「……わかった。梅《うめ》と古牟《こん》を呼び寄せよう」

梅と古牟はともに和歌山のころから手を付けている。なかでも古牟は亡くなった須磨の又従姉妹《またいとこ》にあたり、その後釜として推薦されたという経歴を持っていた。

「かたじけのうございまする」

諫言を聞き入れられたことに、加納近江守が深く感謝した。

「話を戻すぞ」

吉宗が女から離れると告げた。

「ご無礼をいたしましてございまする」

脇へと話をそらせた詫びを、加納近江守がした。

「旗本どもの意識を変えさせねばならぬ」

「はい」

「躬の、将軍の命じゃというたところで、聞きはすまい」

「…………」

加納近江守が返答に窮《きゅう》した。

「表向きは頭《こうべ》を垂れて従うだろう。なれど裏では舌を出す。振りだけというやつよ。役人どもとはそういうものだ。物事を変えることをなによりも嫌がる。なんでも前例、かんでも慣例だ。躬が紀州藩主となったころのことを思い出せ」

「……さようでございました」

苦虫をかみつぶしたような顔を加納近江守もした。

吉宗が藩主となったとき、紀州藩は借財にまみれて、身動きが取れない状況であった。

そもそも紀州藩は表高《おもてだか》と実高《じつだか》が合わなかった。峻険《しゅんけん》な山が海岸まで迫っている紀州に農地は少ない。そこに根来寺《ねごろじ》や粉河寺《こかわでら》、熊野那智《くまのなち》大社などの寺社が大きな勢力を張っている。治世に困難な土地であった。

紀州藩は幕初豊臣秀吉《とよとみひでよし》の一門、浅野《あさの》家が治めていた。ここからも紀州が手強《てごわ》い土地だとわかる。家康は、豊臣家を裏切って徳川に付いた外様《とざま》大名を厚遇すると見せかけて、禄高は多くとも扱いにくい土地や発展が難しい土地を与えていた。浅野もその策にはめられて三十七万六千石で紀州へ封じられた。その浅野家を四十二万石へと加増し、広島《ひろしま》へ移封《いほう》させたあとへ、紀州藩初代徳川頼宣《よりのぶ》が入れられた。

頼宣は家康にもっとも愛された息子として知られ、その遺領、遺臣、居城のすべてを譲られ、駿河《するが》の国主として威を放っていた。神君家康の隠居領なのだ。表高は五十万石だが、海に面した温暖な気候のおかげで物なりがよく、東海道から生み出される交易の儲けも合わせて、実高百万石と言われるほど裕福であった。

その駿河を二代将軍秀忠《ひでただ》は、三男忠長《ただなが》に与えるため、頼宣から取りあげた。

「紀州は大坂《おおさか》の後詰めとなる重要な場所じゃ。浅野のあとを頼めるのは、そなたしかおらぬ」

秀忠はそう言って、弟頼宣から駿河を取りあげ、紀州へ追いやった。これは三代将軍を三男忠長に継がせようと思っていたのを、家康の采配《さいはい》で嫌っていた次男家光《いえみつ》へ譲らなければならなくなったことへの腹いせであった。

腹いせなのだから、大きな加封《かほう》はなく、頼宣は駿河とほぼ同じ五十五万石しか与えられなかった。浅野家の領地に南伊勢《みなみいせ》を加えただけで、実高は三十万石あるかないかである。まともに藩としてやっていけるはずはなかった。

「紀州は重要な地じゃ。二万両与えるゆえ、城を建て直せ」

移封だけでも金は出て行く。家臣の引っ越し、紀州での生活が落ち着くまでの費用など、数万両はかかる。そこへさらに秀忠は負担を強いた。

浅野家の居城は小さいものであった。これは外様大名が立派な城を持つと徳川から謀反《むほん》を疑われるという理由によった。

「徳川の一門にはふさわしくなかろう」

秀忠の言葉は将軍の命である。否やは言えなかった。

城を建てる。拡張するだけですませるにしても、相当な金額になる。二万両は大金だが、それだけで足りるものではなかった。さすがに江戸城のように数百万両を費《つい》やすわけではないが、御三家で五十五万石にふさわしいとなれば、数十万両は要る。

紀州藩は、当初から赤字での出発となった。

参勤交代も、駿河より遠い。新田開発をしようにも土地がない。紀州藩の借財は減るどころか増え続けていた。

そこへ不幸が続いた。二代藩主で吉宗兄弟たちの父である光貞《みつさだ》が隠居、三代藩主となった長兄綱教《つなのり》が四十一歳の若さで死去した。綱教に子供がいなかったため、弟の頼職《よりもと》が四代藩主を継いだ。その頼職が一年経たずして急死した。

紀州藩は一年の間に、藩主を二回失ったのだ。葬儀を三度、さらに藩主就任の祝いを二度しなければならなかった。

「手元不如意《ふにょい》につき……」

簡素にするとか質素にするとかは論外であった。

葬儀と藩主就任は、藩を挙げての行事になった。格式に等しいだけのものを催さなければ、藩主の面目がたたなくなる。

「あのような葬儀では、先代どのも浮かばれまい」

とか、

「いや、あれで就任の宴《うたげ》だと言われるか。いやはや、拙者は月見の宴かと思いましたわ」

などと、藩主が江戸城で下に見られる。

とくに紀州藩は、御三家だけに、格式以上のものをおこなわなければならなかった。これが紀州和歌山藩の財政に止《とど》めを刺した。

「………」

藩主となって、あらためて実情を知った吉宗は呆然《ぼうぜん》とした。

「利払いさえできず、利に利が付くありさま……」

紀州藩の収入をすべて借財返済に回しても、元金が減るどころか増えていく。

「尋常の手段では、話にならぬ」

吉宗は決断した。前例も慣例も捨て去って、吉宗は改革を始めたが、藩士たちが従わなかった。

「御三家たるものが、庶民のようなまねをするなど、恥でございまする」

「殿はお金の心配をなさらず、お世継ぎさまをお作りになられることに腐心《ふしん》くださいますよう」

藩士たちが吉宗を政から遠ざけようとした。

「そのような心で、この危難を乗りこえられるものか」

吉宗は藩士たちの苦情を無視した。

「母親の身分が低く、公子として認められさえしなかったくせに」

「綱教さま、頼職さまがご壮健《そうけん》であれば、藩主になどなれなかったというに、舞い上がりおって」

やんわりとの抵抗では吉宗が引かないとわかった藩士たちは、あからさまな侮蔑《ぶべつ》に出た。

吉宗を藩主としてなど認めていないとの意思表示であり、主君でなければ言うことを聞かずとも良いという論法を盾にしてきた。

「そうか。余を主君と思えぬならば、臣を辞めよ」

吉宗はより一層の強硬手段に出た。抵抗する藩士の急先鋒だった者たちを放逐《ほうちく》したのだ。

「これからは藩が担う」

加えて、吉宗は旧家や豪商が維持していた特権、租税の免除や専売の権利などを召し上げた。

「無茶だ」

「横暴である」

放逐された家臣や、権利を取り上げられた者たちが騒ぎ立て、なかには幕府へ訴人する者も出た。

「家臣の身分でありながら、主君を訴えるとは、侍ではない」

「領民が領主の判断に逆らう。これは一揆も同然だ」

幕府の裁定は吉宗に軍配を上げた。

これは綱吉《つなよし》も分家から将軍を継いで、吉宗同様の扱いを受けた経験があったからであった。

「将軍家も認めた」

吉宗の振る舞いを幕府が咎めなかった。

藩士たちも領民も吉宗の施政を受け入れた。

「食事は一汁一菜、衣類は木綿もの以外はならぬ」

吉宗は質素を国中に命じ、率先して手本となるべく倹約をした。

「神君家康さまの血を引いたお方のなさることではない」

まだ嘆く者はいたが、大勢は決している。

上がやってみせれば、下は倣う。吉宗の倹約は徐々に広がり、藩としての無駄もなくなっていった。

結果、吉宗は藩主であった間に、借財のほとんどを返済しただけでなく、城中の金蔵に万一の備えとなるべき金も蓄えて見せた。

「またぞろ同じことをせねばならぬのかと思うと、心底面倒である」

吉宗が嫌そうな顔をした。

「…………」

加納近江守も黙った。

「紀州でさえ、あれだけの反発があった。それが幕府となれば規模が違う」

「はい」

紀州藩は五十五万石、藩士の数はおおよそ四千人ほどであった。それに比して幕府は規模が違った。今は独立した藩となっている譜代《ふだい》大名を除いても、旗本、御家人《ごけにん》だけで数万からいる。

紀州藩のおおよそ十倍の規模なのだ。当然、吉宗を認めず、嫌っている者も紀州の十倍いると考えねばならなかった。

「なにより、幕府は複雑怪奇に過ぎる」

「はい」

加納近江守も同意した。

「躬の側におる者など、紀州のころは小姓と側役、近習《きんじゅ》ていど。合わせても五十人もいなかっただろう。それに対して幕府は、小姓番《こしょうばん》、小納戸、側用人《そばようにん》、側役《そばやく》、そして躬が創立した御側御用取次。数など把握もできぬ」

吉宗が首を横に振った。

「これだけ要るか」

「いいえ」

問われた加納近江守が頭を左右に振った。

「今どき、将軍の命を狙う者などおらぬ。第一、この江戸城の奥まで入りこむことさえできまい。外出の供をする書院番《しょいんばん》はまだしも、小姓番はもっと少なくていい。なにより、門を守る書院番、躬の側に居る小姓番の間を担う新番組《しんばんぐみ》など、無用の長物でしかないわ」

もともと将軍の警固《けいご》は、書院番と小姓番が担っていた。武を貴《たっと》ぶ旗本において、将軍の警固は名誉であり、書院番と小姓番は両番と呼ばれ、番方旗本の憧れであった。

そこに新番が加えられたのは、五代将軍綱吉のときに起こった大老堀田《ほった》筑前守《ちくぜんのかみ》正俊《まさとし》を若年寄《わかどしより》の稲葉《いなば》石見守《いわみのかみ》正休《まさやす》が刺殺した一件に拠《よ》った。

御用部屋という殿中《でんちゅう》奥、当時の将軍居室御座《ござ》の間《ま》近くでの刃傷《にんじょう》は、幕府を大いに揺るがせた。

「上様の身に何かあってはならぬ」

まず将軍居室が、御用部屋から離れた御休息の間へと移された。結果、将軍は書院番たちの詰め所から遠ざかり、その間を埋めるように新番組が新設された。

「何一つしておらぬ者どもに、役料を払う。これほどの無駄はない」

「ですが上様。万一のことがあったときのために、警固の者は要りまする」

吉宗の身を心配した加納近江守が気遣った。

「だそうだぞ、源左《げんざ》」

吉宗が天井を見上げた。

「近江守さまには、はばかりありまするが、我ら御庭之者《おにわのもの》あるかぎり、上様には毛ほどの傷も負わさせませぬ」

天井裏から返答があった。

「そなたも庭之者の力は存じておろう。刺客の五人や十人、源左一人で片付ける」

「お言葉を返したてまつりまするが、先だっての御広敷伊賀者《いがもの》のこともございまする。備えはいくつあってもよろしいかと」

まだ加納近江守が食い下がった。

御広敷伊賀者とは、大奥の警衛を主たる任とする。その御広敷伊賀者の組頭《くみがしら》だった藤川義右衛門《ふじかわぎえもん》が、隠密御用を紀州から出てきた庭之者に奪われたのを恨みと思い、吉宗に反抗した。その動きに一部の御広敷伊賀者が同調、いっときは御休息の間まで侵入を許した。

聡四郎と庭之者の働きで、なんとか防いだとはいえ、心胆寒《しんたんさむ》からしめるできごとであった。

「あのようなことは二度とありませぬ」

村垣源左衛門《むらがきげんざえもん》が強く否定した。

「万一ということはある。そなたたちの腕は信用しておるが、神ではない」

加納近江守が反論した。

「…………」

「止《よ》さぬか。躬を支えるそなたたちが争ってどうする」

寵臣二人の雰囲気が悪くなったのを、吉宗が制した。

「申しわけございませぬ」

「ご無礼をつかまつりました」

加納近江守と村垣が詫びた。

「新番のことは後でいい。些末《さまつ》じゃ」

吉宗が話題を切った。

「水城を使う」

本題に吉宗が入った。

「またでございまするか」

思わず加納近江守があきれた。

「使える者は使う。そうせざるを得ぬのだ。まだ、躬が全幅の信頼をおく者は少ない。近江守そなたと庭之者、そして水城くらいじゃ」

吉宗が口の端を嚙んだ。

「他にも和歌山からお連れになった者もおられましょう」

加納近江守が怪訝《けげん》な顔をした。

紀州から本家を継ぐにあたって、吉宗は少ないながらも側近や信頼のおける者を旗本に取り立てていた。

「小出半太夫《こいではんだゆう》の例もある。紀州では一途《いちず》だった者が、江戸の匂いに触れて変わってしまった。誰もが信じられるわけではない」

初代御広敷用人に抜擢《ばってき》された小出半太夫はそれ以上の立身を求めて、天英院に近づいていた。

「……情けなきことでございまする」

加納近江守がうなだれた。

「だがの、あまり強くは言えぬ。三家の者どもはもともと旗本、あるいは譜代の大名であった。それが神君家康公の子供に付けられて、陪臣《ばいしん》へと落とされた。三家の家臣たちの悲願は、直臣《じきしん》への復帰である。その夢がかなったのだ。夢がかなうとわかれば、さらなる高みを目指してもいたしかたあるまい。また、それくらいの気概がなければ、使いものにならぬ」

珍しく吉宗がかばった。

「上様……なんとお心の広い」

加納近江守が感激した。

「もっとも、躬の敵になるというならば遠慮はせぬ」

すっと吉宗の声が冷えた。

「………」

変わった空気に、加納近江守が沈黙した。

「その点、水城は決して躬を裏切らぬ。裏切れぬ。なにせ妻は躬が養女、子は躬の猶孫《ゆうそん》じゃ」

猶孫とは、養孫よりは弱いが、孫のように思っているというものである。

「上様のお身内でございますな」

加納近江守が首肯した。

「まあ、躬がよほど道から外れれば、あやつも背を向けようが、決して刃は向けぬ。それが水城だ」

吉宗が信頼していると言った。

「では、また水城になにかお役目を」

「大名、旗本を監察させ、躬に敵対している者を叩く」

「目付に任じると……」

吉宗の説明で理解した加納近江守が目を剝《む》いた。

目付は旗本の監察をする。そのうえ、大目付《おおめつけ》だった柳生但馬守宗矩《たじまのかみむねのり》がその権を揮《ふる》い、多くの大名を潰しすぎて浪人を増やし、由井正雪《ゆいしょうせつ》の乱の原因となったことで力を奪われて形骸となった後を受け、大名の監察まで範疇《はんちゅう》に取りこんでいた。

結果、その力は強大となり、まさに肩で風を切って城中を闊歩《かっぽ》していた。

「目付どもがなにを企《たくら》んでおるのかを知るのはたやすい」

ちらと吉宗が天井を見上げた。

「しかし、知っているからといって、それを止めることはできぬ。どうやって知ったかは表に出せぬからな。もし、将軍が庭之者を使って目付を探っているなどと知られてみよ。その反発はすさまじいものになるぞ。目付だけではない。他の役人も躬に見張られていると思い込み、疑心暗鬼になる。疑惑を持っている主の下で、必死に働こうと思う者などはおらぬ。皆、形だけ精勤に励み、失敗を怖れるようになる。失敗を怖れていては、改革はならぬ」

吉宗が苦吟《くぎん》した。

「吾が身を切ってみせてこそ、改革は前に進む。おまえたちだけ倹約しろ、無駄を省いて無理をしろと旗を振っている者が、酒や女に溺れていたり、何一つ努力していなければ、他人は動かぬ」

率先して動く吉宗にその怖れはないが、得てして権力者はそうなる。

「紀州では、躬が先頭に立った。おかげで倹約はなった。今度も躬は陣頭指揮を執《と》るつもりでおる。が、将軍と紀州藩主では周囲の厚さが違う。躬が休息の間で質素な生活をしていても、外にはなかなか知れぬ。紀州のころはまだ簡単に城下に出ることができた」

もともと城下の加納屋敷で育った吉宗は、藩主となってからも若いころからの知り合いのもとをよく訪れていた。そのときの吉宗が一人贅沢をしていないどころか、下級藩士のような生活をしていることが、倹約の後押しとなったのは確かであった。

「今は、そうはいかぬ。将軍がお成りをするとなれば、大事になる」

将軍が城から出るとなると、まず行程の下調べから始まる。黒鍬者《くろくわもの》、徒目付《かちめつけ》、目付が城下へ出張《でば》り、不審な者がいないか、道に穴が開いていないか、橋が傷んでいないかなどを徹底して調査する。

それで問題がないとわかって初めて将軍のお成り行列が組まれる。

「大仰《おおぎょう》にいたすな」

吉宗が簡素にと命じても、

「将軍の威光を天下に示すためでございまする」

「万一があっては、我ら全員腹切らねばなりませぬ」

こう反論されれば、それ以上は言えない。

吉宗の幕府改革には、将軍の権威が要る。自ら将軍の値打ちを下げるようなまねはすべきではなかった。

それに、警固が多いというだけで、襲おうという気が失《う》せるのもたしかなのだ。失敗するとわかっている謀反《むほん》に出られる者などそうそうはいない。

人を少なくして城下に出て万一なにかあれば、吉宗に怪我はなくとも供した者たちの罪になる。

下調べに出た黒鍬者は死罪、徒目付と目付も切腹、状況次第では供頭《ともがしら》も腹を切ることになる。

改革を進めようとしている吉宗にとって、これは大きな痛手になる。十分な準備を怠って忠臣を死なせた主君という悪評が付いてしまえば、もう誰も言うことを聞いてはくれなくなる。

吉宗は退任するか、死ぬまでなにもできない将軍として、御休息の間で逼塞《ひっそく》するしかなくなってしまう。

それだけの危険を冒してまで、城下へ出るのは得策ではなかった。

「改革、その前提としてある倹約は、躬から徐々に広げていくしかない」

「はい」

吉宗の意見に加納近江守は首を縦に振った。

「そのためには、旗本どもを変えねばならぬ。水城はその先兵じゃ」

「なるほど」

加納近江守が納得した。

「かといって、いきなり水城を目付にするのはよろしくない。水城はあまりにも世間を知らぬ。老練な役人でもある目付のなかに、水城を入れてみよ、あっという間に食い散らかされるか、向こうに染められてしまうかするぞ」

「むうう」

言う吉宗に加納近江守がうなった。

「では、どうなさいますので」

加納近江守が問うた。

「少し世間を学ばせようと思う」

吉宗が宣《せん》した。

三

寄合席というのは、小普請《こぶしん》と同じく無役という意味である。その違いは単に家柄と石高の差であった。

基本、三千石をこえる高級旗本は寄合になる。まれに三千石未満でも三河《みかわ》以来の名門とかもいる。そのどちらでもない水城家が寄合なのは、並《なみ》として扱われているからであった。

寄合格とも呼ばれる寄合並《なみ》は、あるていど以上の役目を無事勤めあげた旗本に、一代限り与えられる褒美《ほうび》であった。

聡四郎は勘定吟味役という役目でその資格を取得した。いや、正確にはとてもたりなかった。たしかに勘定吟味役は勘定奉行の次席で格は十分に満たしていたが、なにぶんにも聡四郎は初役で、しかもその任期はわずか数年でしかなかった。

これではとても寄合並に推されることなどなく小普請へとなるはずだったが、それに吉宗の意思が働いた。

「義理とはいえ、将軍の娘の婿が小普請では問題があろう」

言い出せば、水城は将軍の養女を嫁に迎えられる家柄ではない。そもそも無理に紅を養女にした吉宗に原因がある。とはいえ、将軍の意思とあれば、誰も反対できない。結果、水城家は寄合となった。

小普請と寄合は、ともに無役の旗本の待機場所であった。

ただ、その違いは人数にあった。小普請は数万いるが、寄合は数百しかいない。これらが役目に就くのを待っている。もちろん小普請が就ける役目、寄合でなければなれない役目があり、その数も大きな差がある。とはいえ、小普請が役目を得るより、寄合のほうがたやすい。そして寄合の就ける役目は初役でもかなり高位になる。将軍の側近くに仕える小姓番、先手《さきて》組頭《くみがしら》など、将来の出世を約束されたものからの出発となり、かなり優位であった。

「寄合水城聡四郎、明朝四つ（午前十時ごろ）黒書院《くろしょいん》まで出頭いたせ」

聡四郎に呼び出しがかかった。

「はっ」

黒書院で午前中の呼び出しとあれば、まず慶事である。聡四郎は平伏して使者番《ししゃばん》の口上を受けた。

「今回は早かったな」

使者を帰した聡四郎は、紅の前で苦笑した。

「半年なかったわね」

紅も小さく首を振った。

「まあ、あの上様だから」

「我慢なさったほうか」

夫婦二人が顔を見合わせた。

「今度はなにをさせられるやら」

「危ないまねだけは止めてほしい。もう、あなたには子供もいるのだから」

ため息を吐く聡四郎に、紅が不安そうな目をした。

「わかっている。もう、無茶はせぬ」

「……本当に」

言った聡四郎を紅が疑った。

「そなたと紬を遺して死ぬわけにはいかぬ。せめて孫をこの手に抱くまでは生きねばの」

「甘いわ。あなたとあたしの二人で隠居するまで、勝手に死なせはしないから」

決意を見せた聡四郎に、紅がおきゃんな言葉をかけた。


黒書院は幕府の公式行事に利用される。大名、旗本はそれぞれの格式に応じて黒書院の下段の間のどのあたりに平伏するか、そのとき指先は何枚目の畳のいくつめの目のところへ置くかまで決められている。

朝四つ前、聡四郎は奏者番《そうしゃばん》と目付の見守るなか、定められた位置で膝を突いていた。

「上様のお成りである。控え」

黒書院上段襖が開き、先導役の小姓が宣した。

「ははっ」

聡四郎は畳に額を押しつけた。これ以降、将軍あるいは目付から面を上げてよいと言われるまで、このままでいなければならなかった。

「寄合水城聡四郎、御前に」

目通りをする大名や旗本を紹介する役目の奏者番が報告した。

「うむ。水城、面を上げい」

吉宗が許しを出した。

「…………」

同席していた目付が息を呑んだ。

そもそも寄合とはいえ七百石やそこらの旗本に役職を与える場に将軍が出てくることはない。そして、辞令を出す前に顔を上げさせるのも異例であった。

「上様におかれましてはご機嫌うるわしくおわせられ、水城、心より御祝いを申しあげまする」

決まった口上を聡四郎が述べた。

「うむ。そなたも健勝《けんしょう》のようでなによりだ」

吉宗も型どおりに応じた。

「まずは、用をすませる。寄合水城聡四郎」

声を重いものにして吉宗が聡四郎に呼びかけた。

「はっ」

両手を畳に突き、頭を垂れて聡四郎は承る姿勢を取った。

「道中奉行副役《どうちゅうぶぎょうそえやく》を命じる」

「ありがたくお受けいたしまする」

将軍直命である。まず断ることはできない。どのような事情か、なにを求められているかなどを訊く前に、引き受けると答えるしかなかった。

「上様……」

奏者番が口を開いた。

「なんじゃ」

吉宗が発言を許した。

これも滅多にあることではなかった。奏者番は目通りを願う者の紹介と手伝いをする役目で、将軍からどのような家柄であるかとか、本人の経歴などを問われたときに答えることはあっても、質問するなどあり得ない。

「浅学《せんがく》にして、道中奉行副役というのを初めて伺いましたが、どのようなお役目でございましょう」

奏者番は大名、旗本の任命罷免《ひめん》、昇任、降格に立ち会う役目上、幕府の役職に通じている。その奏者番が首をかしげていた。

「であろうな。今設けたばかりだ」

「えっ……」

将軍の答えに奏者番が間抜けな反応を見せた。

「口を閉じろ。このていどのことで驚いていて、奏者番が務まるか。いつ、異国や外様大名が戦を仕掛けてくるかわからぬのだぞ。そのとき落ち着いて奏者ができねばなるまいが」

「も、申しわけもございませぬ」

叱られた奏者番が平蜘蛛《ひらぐも》のように平伏した。

「よい。今回は咎めぬ」

「かたじけのうございまする」

手を振った吉宗に、奏者番が感謝した。

「上様、わたくしからもお伺いいたしとう存じまする」

当事者として、なにをするべきかを問わねばならない。聡四郎が手を突いたままの姿勢で問うた。

「わからぬか。それでは困るのだぞ。躬の意図するところを汲《く》み、応じた以上の働きをする。忖度《そんたく》ができぬようでは、この先は難しいと知れ」

吉宗がまず、叱った。

「とは申せ、新しく作ったばかりの役目でなにをするかわからぬのも、当然ではある」

すぐに吉宗が怒りを引いた。

「道中奉行副役とは、東海道、中山道《なかせんどう》などの主要街道を見て回る役目じゃ。いわば、街道巡《じゅんけんし》検使だな」

巡検使とは御使者番《おししゃばん》から選ばれ、諸国の動静を見聞する役目である。この巡検使の査察は、どの大名であろうとも拒むことはできず、その報告次第では転封《てんぽう》、減封《げんぽう》、改易《かいえき》といった処分を喰らいかねない。巡検使はかなり怖れられていた。

「街道巡検使……」

役目はわかったが、どうすればよいのか具体的に浮かばない。聡四郎はまだ困惑していた。

「お待ちくださいませ」

今度は目付が声をあげた。

「そなた、名前は」

奏者番のときとは違った冷たい反応を吉宗が見せた。

「目付、野辺三十郎《のべさんじゅうろう》と申しまする」

「覚えた。で、なんだ」

名乗りを聞いたと言ってから、吉宗が質問を認めた。

「街道は道中奉行の差配でございまする。道中奉行は大目付あるいは勘定奉行が兼任し、実務にかんしては、勘定奉行配下の勘定組頭道中方が各地の代官を指図しておこなっておりまする」

「躬がそれを知らぬと申すか」

滔々《とうとう》と述べた目付に、吉宗が厳しい顔をした。

「それは……」

「すべてを知って、足りぬと思えばこそ新設いたしたのだ。御側御用取次、御広敷用人、庭之者、躬が作ったものに役立たずのものがあったか」

「……ございませぬ」

目付野辺三十郎が一瞬の間をおいて肯定した。

否定などできるはずはなかった。それは将軍の手腕を非難することと同義なのだ。まちがいなく、目付といえども首が飛ぶ。それも役目を辞めさせせられる方ではなく、胴と頭が永遠に分かれる方になる。

「では、逆に訊こう。そなたは目付じゃの。目付の任は幕臣の監察、まちがっておらぬな」

「はい」

吉宗の確認に野辺三十郎がうなずいた。

「街道がどうなっているか、存じておるか」

「いえ。江戸から出ることがございませぬゆえ」

問われた野辺三十郎が首を横に振った。

「よくそれで、監察だと言っておられるの。目付の最初をそなたは知らぬのか。目付は戦場での卑怯《ひきょう》未練《みれん》な振る舞い、功名《こうみょう》手柄の経緯《いきさつ》を見届けるためのものであった。武士でありながら、戦場での手柄をあきらめ、ただ公明正大な判断をするためだけにいる。主君でさえ、その言葉を疑わないのは、それだけ高潔だと信じているからだ」

「はい」

「城中だけで目付の役目は足りるのか」

「いえ」

ここまで言及されて違うとは言えなかった。

「人数が……」

目付の定員は決まってはいない。幕初、目付が創設されたころ十五人から十六人であったとされ、今もほとんど同じであった。

「だから、水城を道中奉行副役にした。別段、道中目付と名前を変えさせてもよいぞ」

「それは……」

聞いた野辺三十郎が顔色を変えた。

「目付というのは重き役目でございまする。そう軽々にお遣いになられてはなりませぬ」

野辺三十郎が反対した。

「では、道中奉行副役でよいな」

「…………」

念を押した吉宗に野辺三十郎がしまったという顔をした。

野辺三十郎は目付という名前を守るため、本来の目的であった役目新設の是非を問うところから離れてしまった。

将軍からよいなと念を押されたのだ。今更、話が違いますと蒸し返すことはできなかった。

「よいなと問うたのだ。将軍の確認に返答もせぬのが目付か。いや、旗本か」

「申しわけもございませぬ。結構かと存じまする」

主君の問いかけに答えるのも家臣の義務である。それを咎められれば、野辺三十郎は反論できない。

野辺三十郎が降参した。

「うむ」

満足そうに吉宗が首肯した。

「水城と近江守を除いて、遠慮いたせ」

「はっ」

他人《ひと》払いを命じた吉宗に、奏者番がそそくさと従った。吉宗の機嫌がいつ悪くなるかと怖れたのだ。

奏者番は多くの大名旗本のことを覚えなければならない難役である。その代わり、将軍と会う機会も多く、能力を認められやすい。

奏者番から寺社奉行、若年寄、京都所司代《きようとしよしだい》などを経て老中へもあがっていける。ただ、ここで躓《つまず》くと、永遠に出世からは遠ざかることになる。

「上様、なにとぞご同席をお許しいただきたく」

野辺三十郎が手を突いて願った。

「なにゆえに同席を求むるか、そなたは」

吉宗が険しい声で問うた。

「これからお話しになられるのは、道中奉行副役の実務についてと存じまする。どのようなことをし、どのような権を有するのか、役人を監察する目付として知っておくべきかと勘案つかまつりまする」

正論を野辺三十郎が述べた。

「役目に熱心なのはよい」

吉宗がまず褒めた。

「だが、あいにくその話ではない」

道中奉行副役についてではないと吉宗が否定した。

「では、どのようなお話を」

「慮外者《りよがいもの》、そなたにはかかわりないことだ。出過ぎるな」

しつこく問うた野辺三十郎を吉宗が叱りつけた。

「申しわけございませぬ」

将軍を怒らせるのはまずい。吉宗が一言、顔も見たくないと口にすれば、野辺三十郎はこのまま江戸城を下がり、屋敷で謹慎しなければならなくなる。監察たる目付が謹慎するわけにはいかないのだ。それこそ目付の権威にかかわってくる。吉宗から叱られたら、その場で目付を辞し、役目に傷を付けないようにしなければならなかった。

「下がれ」

「はっ」

今度は逆らわず、野辺三十郎が黒書院から去って行った。

「…………」

その姿が見えなくなるまで、吉宗は沈黙していた。

「近江守」

「はっ」

合図を受けて、加納近江守が黒書院の襖際へと移った。

「これで聞き耳は避けられよう」

吉宗の雰囲気が少し柔らかくなった。

「さて、言いたいことはあろうが、黙って聞け。あまりときをかけているわけにもいかぬ」

最初に吉宗が聡四郎の異論を封じた。

「なぜ新しい役職を作ってまで、そなたを呼び返したかだが……」

吉宗が聡四郎を見つめた。

「そなた一人の力ではないが、ようやく大奥は落ち着いた。最大の抵抗をするだろう、女たちがおとなしくなった。これで倹約は前に進む」

ほっと吉宗が安堵《あんど》の息を吐いた。

「倹約はまだ端緒《たんしょ》でしかない。なにせ女以外は倹約に反対できぬからな。武士は質素を旨《むね》とする。今ごろそれを堂々と口にすれば、あきれられるのが関の山だが、これは神君家康さまのころからの決まりごとである。普段は質素倹約して財を貯め、いざというとき惜しげもなく遣う。もちろん、いざというのは、戦のことだ。戦場へ向かうに腕の立つ家臣を雇い、名刀、鉄炮《てっぽう》などを揃え、十分な兵糧、矢玉を持つ。これが武士というものであると、神君家康公のみならず、武田信玄《たけだしんげん》公、上杉謙信《うえすぎけんしん》公なども似たようなことを口にされている」

「……………」

吉宗がなにを言いたいのかまだわからない聡四郎は、黙って聞くしかなかった。

「ようは、躬が倹約を大名、旗本に命じても、表向きは誰も反対せぬということだ」

「表向きでは、実行するかどうかわからないのではございませぬか」

表だけ従って、裏で贅沢をしていては効果があがらないのではと聡四郎は疑問を呈した。

「そのときは、咎めればいい。将軍が命じたことに逆らったのだからな。躬の指図に従えぬような輩《やから》は、幕府、いや天下に不要である」

あっさりと吉宗が答えた。

「それは……」

聡四郎は息を呑んだ。

「問題は、改革にある」

吉宗は聡四郎に何も言わせず、話を進めた。

「改革は新しいことを押しつけると同義である。今まで右回りでいたところを左回りにさせるようなものだ。どうしても混乱が起きる」

難しい顔で吉宗が続けた。

「また、倹約と違って改革は法度《はっと》から変えていくことになる。当然、老中や若年寄、諸大名などの利害が絡む。さすがにこうなれば、将軍の命だと押し通すのも難しい。

できぬわけではないが、反発を招くだろう。そうでなくとも躬は譜代大名どもから甘く見られている。紀州の分家、それも母親が湯殿番ていどの出でありながら分不相応だとな」

吉宗が苦笑した。

「力押しは愚策だ。躬を排除しようとする者が出だすだろう。それに倹約と違って、新しい法度を作るとなると手間がかかる。遅いといって咎めるわけにもいかぬ。なにより、御休息の間で動けぬ躬では、誰が手を抜いているのか、調べるのも困難じゃ。庭之者を使えばできようが、証《あかし》にはできぬ。天井裏から盗み聞きをしていたぞと老中を叱ったところで、それではの」

言った言わないになれば、罪は確定できない。

「庭之者に役人を監察する権を与えるのはまずい。さきほどの目付だけではなく、すべての役人が敵に回ろう。目付の監察は目に見える。いつ来てなにを持って行ったから、こうなるだろうと予測が付くからな。しかし、庭之者ではまったく気付かぬうちに証を持ち出されてしまうかも知れないのだ。ある日突然、罷免《ひめん》、改易、切腹を言い渡されても不思議ではないとなれば、不安でおかしなことをしでかしかねぬ」

人というのは、恐怖に対して弱いものだ。吉宗の危惧《きぐ》は当たっていた。

「それにな、躬は正道を進まねばならぬ。これは傍系の宿命じゃ。直系よりもまっすぐであると見せつけねば、人は付いてこぬ」

「そのようなことは……」

聡四郎は否定しようとした。

将軍はすべての武家の統領《とうりょう》である。その指図に従わない者は天下にいてはならなかった。

「現実よ、それがな。躬など家継さまが、いや、家宣公があと五年生きておられたら、将軍になっていなかったのだからな。もし家宣公が存命中に家継公が亡くなられたなら、世継ぎとして西の丸に迎えられたのは、名古屋《なごや》の吉通《よしみち》どのであったろうし、家継公が亡くなられていなければ、躬に出番はなかった」

「…………」

もしもの話だが、そうならなかったという保証はない。聡四郎はなにも言わなかった。

「老中どもも目付どもも、そう思っておる。躬は偶然で将軍になったとな」

「上様」

「それは」

さすがに聞き逃せないと加納近江守と聡四郎が声をあげた。

「よい」

手を上げて吉宗が二人を抑えた。

「躬のために怒ってくれるのはうれしいが、事実は事実として認めねばならぬ」

吉宗が首を左右に振った。

「話がそれたの。躬が水城を道中奉行副役という新設の役目に就けたのは、監察という任に慣れさせるためだ」

「それで道中目付と……」

加納近江守が納得した。

「では……」

恐る恐る聡四郎は吉宗の顔を見た。

「うむ。そなたが予想した通りである。躬は近いうちにそなたを目付とする。目付になれば、老中、御三家といえども監察できる。庭之者にはない権威が目付にはあるからな」

吉宗がうなずいた。

「ではなぜ、いきなり目付にしなかったのか。一つは慣れの問題、もう一つは躬の意図を見抜かれて、相手に準備をさせる余裕を与えてしまうからだ。そなたが目付に入れば、誰でも躬の次の目標が役人どもだとわかろう。当然、対処しようとするはずだ」

「はい」

御広敷用人に聡四郎を抜擢し、吉宗が大奥を支配したのは幕府の誰でもが知っている。その聡四郎を目付にしたならば、次の目標は役人だと教えるも同じであった。

「もし、そなたが目付になった途端、辣腕《らつわん》が振るえると申すならば、今からそうするぞ」

「とんでもございませぬ。そもそも目付という大役は、わたくしごときに……」

「ならぬ。躬には使える駒が少ない。そなたにもしっかり働いてもらわねばならぬ」

断ろうとした聡四郎を吉宗が封じた。

「期間は定めぬ。だが、改革も待ったなしだ。五年、十年というわけにはいかぬ。とりあえず三カ月で一度戻って参れ」

「それはわかりましたが、なにをいたせば」

「好きにせよ。そなたが気になることを探し、手を下せ。三カ月なにもなく旅をするだけでもかまわぬ。少なくとも衆目はそなたに向く。それだけでもよい」

尋ねた聡四郎に、吉宗が告げた。

「わかったな」

もう一度命じて、吉宗が座を立った。

「励まれよ」

残された聡四郎に加納近江守が、激励の言葉をかけた。

第二章　闇に忍ぶ

一

元御広敷伊賀者組頭藤川義右衛門は、隠れ家としているしもた屋の二階で、京の闇を仕切る利助《りすけ》の娘勢《せい》を抱いていた。

「あかん、かんにんやあ」

藤川義右衛門の容赦ない責めに耐えていた勢がついに落ちた。

「…………」

勢が意識を失い、そのまま眠りに就いた。

「……恐ろしいものよな。女というのは。京に居たころは半刻《はんとき》（約一時間）ほどしか保《も》たなかったのが、今では一刻《いっとき》（約二時間）は応じられるようになった」

乱れた髪をそのままに寝入っている勢に、藤川義右衛門が驚いていた。

「頭領」

藤川義右衛門の誘いにのって御広敷伊賀者を抜けた鞘蔵《さやぞう》が、待っていたかのように天井裏から声をかけた。

「鞘蔵、どうした」

藤川義右衛門が問うた。

「京橋《きょうばし》の香具師《やし》、佐久右衛門《さくえもん》を始末いたしましてござる」

鞘蔵が報告した。

「ここで聞く話ではなさそうだな。居間へ移ろうか」

閨《ねや》から藤川義右衛門が立ちあがった。

しもた屋というのは、商売を店じまいした建物のことだが、昨今は妾宅《しょうたく》という意味も含まれるようになってきている。最初から店ではなく、住居として建てられているものも多く、藤川義右衛門が仮住まいとしているここもそうであった。

「……詳細を」

しもた屋の居室で、藤川義右衛門が鞘蔵を促した。

「かねてより、我らの傘下に入れと申し入れていたが、拒否し続けてきた佐久右衛門を昨夜《ゆうべ》、見せしめのために殺害、その首を妾宅へ投げこんだところ……」

京橋の佐久右衛門は、その名の通り江戸城からも近く、日本橋《にほんばし》に隣接している一等地、京橋を牛耳《ぎゅうじ》る香具師の親方であった。

香具師とは、祭りの出店を仕切ったり、露天商や担ぎの行商人などの店出し場を手配したりする。その日暮らしや、雲のようにどこへ流れていくかわからない根無し草を相手にすることから力を持たざるを得なくなり、やがて祭りの保護を目的としていたころを忘れ、力で他人を支配するのを生業《なりわい》とするようになっていった。

なかには根無し草などの質《たち》の悪い者を利用して、人を殺したり、脅したりすることで金を稼ぐ者もいた。

佐久右衛門もそんな悪の香具師、その元締めであった。

「どうなった」

「我らの下に入ると、佐久右衛門の息子が泣きついて参りました」

先を訊いた藤川義右衛門に鞘蔵が答えた。

「全員が納得したのか」

「いえ、佐久右衛門の娘婿と賭場《とば》を預かっていた男が逆らいました。もちろん、その場で後腐れないように片を付けましてござる」

「後腐れないか……ふふふ」

藤川義右衛門が笑った。

「佐久右衛門の娘というのはどうした」

婿がいる。これは佐久右衛門には娘がいるということである。世間の掟《おきて》に従わない闇の連中でありながら、無頼《ぶらい》たちは血縁に重きを置く。いや、重きを置いた振りをして、己の正統さを見せつけようとする。

娘婿というのは、息子が居ない場合、縄張りを継ぐ地位である。いや、次を任せてもよいと思う者に、娘を嫁がせる。

鞘蔵はその娘婿を殺した。

「捕まえておりまする」

「舌でも嚙もうとしなかったか」

「いえ」

確認した藤川義右衛門に、鞘蔵が首を振った。

「その娘というのは、何歳《いくつ》くらいだ」

「訊いてはいませぬが、見た目三十路《みそじ》をこえたかどうかというところでございましょう」

「ふむ。まだ子は産めるな」

鞘蔵の答えに藤川義右衛門が小さく笑った。

「ものにしてしまえ」

「えっ」

言われた鞘蔵が驚いた。

「娘を犯せ」

「拙者が、でございまするか」

鞘蔵がまだ呑みこめていなかった。

「そうだ。おまえが佐久右衛門の跡を継ぐ形にする。そのほうが、なにかと面倒がなくていい」

「では……」

藤川義右衛門の言葉に、鞘蔵が顔を輝かせた。

「おまえに京橋の縄張りは預ける」

「おおっ」

鞘蔵が歓喜した。

縄張りを預けられるというのは、その上がりを手にできるという意味であった。

京橋の縄張りは江戸城に近いこともあり、岡場所などの悪所は少ないが、裕福な町人たちが多いため、賭場で動く金は大きい。その寺銭《てらせん》だけでも、月に数百両ではきかない。

もちろん、そのすべてを独り占めできるわけではない。配下たちへの手当金、縄張りの維持に遣う金、町方役人の目を無理矢理瞑《つむ》らせるための金、賭場として使っている旗本屋敷、寺などへの場所代などが要る。それらに頭領への上納金を加えて差し引いても、月に百両近い金は残る。

「ただし、娘をおまえのものにできたらの話だ」

「お任せを」

ぐっと鞘蔵が身を乗り出した。

御広敷伊賀者の禄は薄い。組頭や熟練になれば、いささか手当が増えるとはいえ、本禄は三十俵三人扶持《ぶち》、年にしておよそ十二両ほどでしかない。日当五百文《もん》もらえる大工よりも貧しいのだ。その御広敷伊賀者だった鞘蔵が、京橋の親分になるだけで月に百両になるのだ。

鞘蔵がやる気を起こすのも無理はなかった。

「息子はどういたしましょう。邪魔ゆえ片付けても……」

「それはならぬ」

後々の面倒を考えれば始末しておいたほうがいいのではないかと問うた鞘蔵に、藤川義右衛門は首を横に振った。

「降《くだ》ってきた者を殺せば、次から頭を垂れてくる者がいなくなるぞ。逆らっても死、恭順《きょうじゅん》しても殺されるでは、抵抗するしかなくなろう」

「……はい」

少しの間を置いて鞘蔵がうなずいた。

「できるだけ見ている者の多いところで、毎月贅沢をできるだけの金をくれてやるから、縄張りから離れたところで隠居しろと言え。それを拒んだときは片付けてもいい。こちらの差し伸べた手に摑まらなかったとあれば、その息子が悪いとできるからな」

「なるほど」

藤川義右衛門の言葉に、鞘蔵が感心した。

「娘をものにしたら、できるだけ子を産ませろ。後々使い道はいくらでもある」

藤川義右衛門が命じた。

「承知。では、頭領も……」

鞘蔵が藤川義右衛門の顔を見た。

「ああ、勢を孕《はら》ませる。江戸は我が手で手に入れるにしても、京はなにかと伝統だ、代々の血だとうるさいからな。利助を排除したとき、勢の産んだ子がいれば、京の闇も納得して吾の思うがままにできるだろう」

にやりと藤川義右衛門が唇をゆがめた。

「では、もし佐久右衛門の娘に子を産ませることができれば……」

「京橋の縄張りは、おまえの血筋で世襲していい」

震えながら確かめた鞘蔵に藤川義右衛門がうなずいた。

「かたじけなし」

次代の話まで出たことに、鞘蔵が感激した。

「その代わり、決して裏切るなよ」

「誓って……忠誠を頭領に」

釘を刺した藤川義右衛門に、鞘蔵が平伏した。

「早速に……」

「おう、女を吾がものとしてこい」

気の逸《はや》った鞘蔵を藤川義右衛門が送り出した。

「京橋も手に入ったな」

一人になった藤川義右衛門が満足そうに首肯した。

「品川《しながわ》を明け渡したのはもったいなかったが、その代わり利助の首輪を外せたのは大きい」

藤川義右衛門は、聡四郎を討つため京まで追いかけた。そのとき京の木屋町《きやまち》で表向き茶屋を営んでいる顔役である利助と知り合った。藤川義右衛門は利助の娘勢を籠絡《ろうらく》し、その娘婿として、江戸への進出を任された。

そして藤川義右衛門は、まず江戸への足がかりとして品川の顔役を殺し、その縄張りを奪った。

「差しあげよう」

しかし、藤川義右衛門は旅人の往来が多く、遊女屋も乱立している品川の宿《しゅく》、月に六百両という金が入ると言われている縄張りを、惜しげもなく利助に譲った。

「ようできた婿や」

利助は喜んで、藤川義右衛門に江戸の攻略を預けた。

「好きにさせておいて、いいところで奪い取るつもりで利助はいる」

闇なのだ。親子といえども信用はできない。一応、一人娘の婿として跡継ぎとされているが、そんなものは口約束よりも軽い。

なにせ藤川義右衛門と利助には血縁がない。

今は役に立っているからこそ、娘婿として遇しているが、しくじったり、刃向かったりすれば、勢を取り返して離縁してしまえば、赤の他人、いや、敵にできる。配下は下克上を狙い、親分はそれを見抜いて芽を摘む。これが無頼、闇の顔役の流儀なのだ。

「今はまだ勝てぬ」

藤川義右衛門が苦い顔をした。

個々の力となれば、伊賀者が勝つ。無頼五人くらいならば、一人で圧勝できる。だが、藤川義右衛門に従う伊賀者は少ない。御広敷伊賀者を抜けて付いてきた者、伊賀の郷から夢を見て出てきた者を合わせても十人に満たないのだ。対して、利助の配下は二百人をこえる。もちろん、そのすべてが江戸に出てきているわけではなく、実質相手にするのは半分の百人ほどだろうが、それでも圧倒的に多い。

戦いにおいて数の差は、絶対であった。少数で大勢を破った例はいくつもあるが、そのすべてに条件が付いている。

桶狭間《おけはざま》で今川義元《いまがわよしもと》を討った織田信長《おだのぶなが》でもそうだ。今川義元三万、織田信長三千と十倍の差があったにもかかわらず、今川義元は織田信長によって首を獲《と》られた。

だが、これもいろいろな偶然が重なってなりたったものでしかない。

一つめは、今川義元の陣立てであった。今川義元は、軍勢をいくつかに分け、己は本陣五千を率いただけであった。五千対三千では、数の優位はかなり薄くなる。

二つめに今川義元は敵地にいながら、鎧兜《よろいかぶと》を脱いで昼食休憩を取った。緒戦で織田方の武将が籠もる砦《とりで》をいくつも落とし、勢いに乗っていたとはいえ、これは一廉《ひとかど》の武将がすべきことではなかった。昼餉《ひるげ》を摂《と》り、酒を飲み、午睡をするなど己の領内、それも本城のなかでこそ許されるものであり、敵地でおこなうのは油断以外のなにものでもなかった。これで決死の織田軍と気の緩んだ今川軍の間に、大きな士気の差が生まれた。

最後が天候であった。織田軍が今川軍の先鋒を迂回《うかい》し、本陣へ迫っているとき、天候は崩れ、大雨が降った。これで織田軍の足音がかき消され、今川義元はまさに本陣へ攻めかかられるまで、織田信長の接近に気づけなかった。

敵将の陣立てまちがい、油断、そして天候。これだけ重なったからこそ、織田信長は今川義元を襲い、勝利を手にすることができた。

「運に頼るわけにはいかぬ」

藤川義右衛門が独りごちた。

「奇襲は成功してこそ、策になる。しくじれば、ただの無謀。なにより、伊賀者は補充がきかぬ」

無頼はいくらでも集められる。腕もさほどではなく質も悪いが、金さえ払えばそれこそ百でも二百でも用意できる。

それに比して、伊賀者は一人死ねば、まず追加できないのだ。

「すでに江戸の伊賀者は、吉宗によって押さえられている」

庭之者へ探索方を渡した不満も、毎日の糧《かて》に比べれば辛抱できる。少ないとはいえ、幕府の伊賀者である限り、禄がもらえ、飢えることはない。禄があれば、嫁ももらえる。子供に跡を継がせられる。

対して闇だと大金が入ることもあるが、明日どうなるかの保証はなかった。町方に追われ、縄張りを狙った他の親方に狙われる。なにより、仲間がいつ裏切るかを気にしながら生きていかなければならない。

どちらが利口な生き方か、子供でもわかる。

「郷忍《さとしのび》は当分、術者を出せぬ」

忍は育てるのに手間がかかる。子供のころから厳しい修行を積まなければ、忍の技は会得できず、使いものにならない。

生まれた子供をなんとか使えるていどにするだけで十五年はかかる。

また、忍の引退は早かった。常人とは思えないまねをするだけに、身体への負担は大きい。さらに歳を取れば目も耳も悪くなり、筋も弱くなる。こればかりは摂理であり、努力で多少は延ばせるが、四十歳を過ぎるとかなりしんどくなる。武士が六十歳を過ぎても、役目にあり続けられるのとは大いに違った。

伊賀の郷は、聡四郎との戦いで、その貴重な現役の忍を多く失ってしまった。その補充にあと十年は要る。

「一人の伊賀者も死なせるわけにはいかぬ」

無頼を百人殺しても、こちらが一人死ねばじり貧になる。

「江戸の縄張りを京橋を入れて五つ手にしたが……新たに配下にした連中など、信用できぬ。とても命がけの仕事には使えん。利助と対峙《たいじ》するときに寝返られたら目も当てられぬ」

縄張りを手にしたことで藤川義右衛門の動員できる人数だけは増えた。とはいえ、いつ裏切るかわからない者など使えるはずがなかった。

「せめて二年、いや、一年あれば、今は嫌々従っている無頼どもを吾が駒にしてみせるが……力尽くで縄張りを奪っているだけに、面従腹背《めんじゆうふくはい》だ」

大きく藤川義右衛門がため息を吐いた。

「問題は、そこまで利助が吾を生かしておくか……無理だろうな」

闇の者は人を信じなかった。当たり前である。他人を信用するような者が闇に堕《お》ちるはずはない。闇に堕ちる者は、かならず他人から与えられた不遇の経験を持つ。

年貢が払えないからと親から人買いに売られた子供、親戚や友人から頼まれて借財を肩代わりさせられて破産した商人、主家が潰れたことで浪人となった武士、理由は山のようにあるが、皆、己のせいではないという不幸を背負っている。

自業自得な者もいるので、すべてに同情できるものではない。賭場での借金を返せなくなったからとか、色情のもつれで相手の女を殺しただとか、店の金を盗んで逃げたとか、碌《ろく》でもない者も多い。

どちらにせよ、他人は信じて任すものではなく、利用して捨て去るものだと思いこんでいる連中ばかりである。

そんな碌でなしの親分、利助が甘いはずはない。油断していれば、いつ寝首を掻《か》かれても不思議ではないのだ。

利助が伊賀者を江戸の闇を支配するための先兵としか思っていないと藤川義右衛

門は気付いていた。

「五つでは足りぬ」

藤川義右衛門が表情を硬くした。

京橋もそうだが、手に入れた縄張りはさほど大きなものではなかった。浅草《あさくさ》や本《ほん》所《じょ》、深川《ふかがわ》などの繁華な、あるいは悪所の多いところほど、縄張りのうまみは大きい。

「しかし、利助に江戸への手出しをさせぬためには、まず品川に近いところから手にするしかなかった」

品川から江戸へ入るには、高輪《たかなわ》の大木戸を通る。縄張り拡張も同じである。まず一カ所を手にした後、その周囲へと侵食していくのが常道とされていた。

わざと離れた縄張りを落とし、挟み撃ちするようにして南北、あるいは東西から攻めていく方法もあるが、少ない兵力を分散させるだけでなく、遠い縄張りの維持にも貴重な人手を割《さ》かなければならない。境を接しているからこそ睨《にら》みも利くし、なにかあったときの対応も素早くできる。離れれば離れるほど目は届かなくなる。

京の者で占められている利助の周辺は、江戸での地理に暗い。無理をして遠くへ手出しをすれば、戦いにならず各個撃破される怖れが強い。

「利助は馬鹿ではない、狡猾《こうかつ》だ」

京は公家という世渡りの名手たちが巣くうだけに、闇も力だけではやっていけない。力を失って数百年、武士という力が支配する世を生き残ってきた公家たちを相手にすることが多い。それに対抗できるだけの世渡り術と頭が要る。

「江戸は任せたと言いながら、もし、吾が浅草や本所を最初に狙ったら、その隙に高輪を落としていただろう。手助けをしてやったという名目で、大木戸の内側に足がかりを作ったはずだ」

それを防ぐために藤川義右衛門は、わざと大名屋敷や寺ばかりでうまみの少ない高輪、浜町《はまちょう》と西から手を出した。利助の手出しを抑えるためであった。

「それに気付いていないはずはない。吾の策だと利助はわかっている。まだ、吾がいつでも潰せるほど小さいから黙っているだけだ。それもあと少し」

藤川義右衛門が目つきを鋭くした。

「喰うか喰われるかが、闇。いつまでも利助に怯《おび》えているわけにもいかぬ。あやつに付き合っていては、いつまで経っても野望は成就《じょうじゅ》せぬ。吾は誓ったのだ。吉宗が昼の江戸を支配する将軍ならば、吾は夜の江戸を手にすると」

右手をぐっと藤川義右衛門が握った。

「両国を落とす」

京橋を手にしたことで、ようやく江戸一の繁華な両国が見えてきた。

両国橋の袂《たもと》は人の往来も多く、見世物小屋、茶屋などがひしめき合っている。岡場所や賭場はさほどではなく、闇としての実入りは京橋より少しましといったていどだが、両国は北を浅草、南を本所、深川に面している。江戸の二大闇を支配するには、どうしても両国を手にしなければならなかった。

「両国の次は深川、続いて本所、そして満を持して浅草を狙う。浅草を吾がものとすれば、江戸の闇の半分は手にしたも同然」

藤川義右衛門が興奮した。

「見ていろ、吉宗。いずれ、お前は吾が名を知ることになる。同格の敵としてな」

昏《くら》い声で藤川義右衛門が宣した。

二

吉宗から道中奉行副役という得体の知れない役目を仰せつかった聡四郎は、屋敷に戻って苦吟《くぎん》していた。

「なにをさせたいとお考えなのだろう、上様は」

同席している大宮玄馬もわからないと首を左右に振った。

「道中奉行副役と言われましたかの」

やはり部屋にいた入江無手斎が確認してきた。入江無手斎は聡四郎と大宮玄馬の師匠であるが、水城家に雇われる形となってから言葉遣いを徐々に変えてきていた。

「はい」

聡四郎がうなずいた。

「道中奉行がなにもしないので、代わって街道を見て回り、直すべきを直せとのご諚《じょう》でございました。あと、いずれは目付に就けるゆえ、監察の経験も積んでおけと」

吉宗との遣《や》り取りを聡四郎は語った。

「もっとも、その後、なにもしなくても構わないとも仰せになられ……それでよりわからなくなりましてござる」

「ふむ。ならば、答えは一つでございましょうよ」

混乱する聡四郎に、入江無手斎が告げた。

「それは……」

「…………」

「世間を見て来いと上様は言われておられるのではございますまいか」

問うた聡四郎に、入江無手斎が答えた。

「世間を……。拙者が世間知らずだと、上様は……」

聡四郎が驚いた。

「まさか、己が世間知らずだと気付いていなかったのか、聡四郎」

よほど予想外だったのか、入江無手斎の口調がもとに戻った。

「まったく。そうであろう、玄馬」

聡四郎が大宮玄馬に同意を求めた。

「世間に通じているとまでは申し上げられませぬが、少なくともそこいらのお旗本方よりは、はるかにおわかりかと」

大宮玄馬が条件付きながら同意した。

「玄馬、阿呆のなかで比べて、頭一つ出ているくらいで世間を知っているとは言えまいぞ」

入江無手斎が大宮玄馬をたしなめた。

「……阿呆」

旗本を一言であしらった入江無手斎に、大宮玄馬が呑まれた。

「師として言わせてもらおう。聡四郎」

入江無手斎が聡四郎を見つめた。

「お教えを」

主君と家臣ではなく、弟子と師匠の話になる。それを聡四郎は認め、自ら頭を垂れた。

「竹姫さまとのことを思い出せ。上様が竹姫さまかわいさに暴走なされようとしたとき、それを抑えたのは誰だ」

「紅でございました」

言われて聡四郎は目を伏せた。

吉宗の養女、竹姫の姉代わり、紅の肩書きはたしかに大奥において御広敷用人だった聡四郎を上回る。とはいえ、将軍を前にして馬鹿呼ばわりできる気概は、聡四郎にはなかった。紅はそれをやって見せた。

「将軍を叱りつける。なまなかの根性でできるものではない。一つまちがえば首が飛ぶ。どころか己だけですむはずもなく、おぬしにまで累《るい》が及ぶ。その怖れを打ち破ったのは、紅どのが、世間というものをよく知っているからだ。まあ、世間と言うより、男女の仲と言い換えるべきかの」

「男女の仲とは……」

「落ち着かぬか」

紅の貞操《ていそう》を疑うような発言は、たとえ師匠といえども許されない。殺気を含んだ聡四郎に入江無手斎があきれた。

「紅どのは町屋の出じゃ。町屋は武家と違って、男と女のことを開け広げにする。紅どのはおぬし一筋に惚れてくれたが、多少は見聞きしていたはずじゃ」

入江無手斎が聡四郎を宥めながら話した。

「男と女、どちらがどうであれ、惚れたほうが負けだ。紅どのは竹姫さまと上様では、上様のほうが負けていると見抜いた。だからこそ、強気に出た。竹姫さまを守りたいのならば、頭を冷やせ。その意味で上様を馬鹿呼ばわりした。それがおぬしにできるか」

「できませぬ」

聡四郎は首を横に振った。

「わかったか。紅どのがあの場にいたからこそ、そして紅どのが旗本の娘ではなく、世間をよく知る庶民の出であったからこそ、上様と竹姫さまはともに傷つかず、無事になされている。もし、しくじっていたらどうなったと思う。上様が怒りにまかせて天英院さまを罰せられたり、周囲を押さえつけてでも竹姫さまを御台所になされていたら」

入江無手斎が聡四郎に訊いた。

「表だって天英院さまを咎め立てたら、朝廷は少なくとも敵に回りましたでしょう」

聡四郎には簡単に予想できた。

六代将軍家宣の御台所天英院は近衛基凞《このえもとひろ》の娘であった。武家嫌いの近衛家を幕府が無理矢理口説き落として、当時まだ甲府《こうふ》藩の藩主だった徳川綱豊《つなとよ》に基凞の娘を嫁がせた。

「近衛から武家の妻を出すわけにはいかぬ」

近衛基凞は、最後まで抵抗を止めず、娘を近衛家の家令《かれい》の平松権中納言《ひらまつごんのちゅうなごん》家へ養女に出してから輿《こし》入れさせた。

その娘が、綱豊あらため家宣の将軍就任で御台所になった。

将軍正室の父となった近衛基凞は、幕府の後押しを受けて宮中での序列を高め、その影響力は朝廷をも牛耳るほどになった。

その力の源となった娘天英院を、吉宗が排除したとなれば、近衛基凞が黙ってはいない。朝廷をあげて吉宗の排除に出る。

形だけとはいえ、将軍は朝廷の委任を受けて天下の政をおこなっている。将軍は、格からいくと五摂家《ごせっけ》よりも低いのだ。さすがに吉宗を隠居させるだけの力はないだろうが、その政策に影響は出る。

誰にしても痛みを伴う改革というのは嫌なのだ。このままでは駄目だとわかっていても、今の生活が変わらず続くのを望むのが人というものである。吉宗がどれだけ旗を振っても朝廷に嫌われた将軍の指示など、天下に染みていくはずもない。

それがわかっているから、吉宗は天英院を大奥から中奥《なかおく》へと移し、軟禁状態におくだけで我慢した。

「竹姫さまを御台所になさったならば、天下は乱れましょう」

聡四郎は二つめの答えを口にした。

また、竹姫を強引に御台所にした場合も同じであった。形だけとはいえ、血筋上の目下が目上を娶《めと》るというのは、人倫に反するとして朝廷から文句が出た縁組である。世間からの祝福は得られない。天英院のときと違って朝廷からの嫌がらせはないだろうが、己が道に反したことをしておきながら、幕臣や大名たちに質素倹約、武芸奨励、法度遵守など命じても、鼻先で笑われるだけになる。

どちらをとっても、吉宗の願う幕府再建は潰《つい》えた。

「それを紅どのは見抜いていたのだ」

「…………」

聡四郎は入江無手斎の指摘に黙った。

「主君の意を唯々と汲《く》む、従うことだけが忠義だと旗本は思いこんでいる」

「はい」

将軍の命は絶対に正しいと旗本は教えこまれてきた。また、そう信じていなければ家臣は務まらなかった。

いつ主君の指示で戦場へ出向かなければならなくなるか、わからない。それが武士なのだ。

「突っこめ」

そう軍配が振られれば、相手がどれだけ強かろうが、多かろうが考えることなく突撃する。命令にはかならず従う。そうでなければ戦などできはしなかった。

「この場で騎馬を前に出すなど……」

「本城を放置して、支城を落とせとは……」

家臣が主君の策に疑問を抱けば、それがどれほどの妙案であろうとも失敗する。

疑いを持っての戦いほど士気の下がるものはない。

「乱世戦国はそれでよかった。いや、そうであったからこそ徳川家康公は天下を取れなかった。関ヶ原《せきがはら》の合戦のおり、伏見城の留守を預けられた鳥居元忠《とりいもとただ》を見ろ。家康公が上方《かみがた》を離れたら、石田三成《いしだみつなり》たちが挙兵するとわかっていながら残された。時間稼ぎをして死んでくれという命ぞ。それを疑いもせず、嫌がりもせず受け入れて死力を尽くす。まさに忠義の鑑《かがみ》のような三河武士じゃ。もし、あのとき鳥居元忠が、死ぬのは嫌じゃと城を明け渡したり、逃げたりしていたら、石田三成らが率いる軍勢は関ヶ原に前もって入ることができただろう。地の利を得た場所を占有し、強固な陣地を築く余裕ができる。そうなっていれば、関ヶ原の合戦の結末は変わっていた」

「…………」

徳川の家臣としては、家康が天下を獲った関ヶ原の合戦は神聖なものであり、それを変えるような話は、冗談でもすべきではない。聡四郎は黙った。

「ふん、真面目なことだ」

気付いた入江無手斎が鼻を鳴らした。

「だがな、これは戦いという日々だからこそ褒められる。今の泰平に、このようななんでも言われるとおりはまずい。その理由がわかるか、聡四郎」

またも入江無手斎が質問した。

「……いいえ」

忠義は武士の根本であり、忽《ゆる》がせにしてはならないと聡四郎は教えられてきた。

「怒るなよ」

まず、入江無手斎が念を押した。

「泰平の世に主君の言いなりになる家臣がなぜよろしくないか。主君の質が落ちるからじゃ」

「師、それは」

入江無手斎の発言に、聡四郎が声をあげた。

「だから、落ち着けと申したであろうが」

憤りかけた聡四郎に入江無手斎があきれた。

「頭に血がのぼるとそこしか見えなくなる癖は、早めに直せ。このままだといつか、死ぬぞ」

入江無手斎が訓戒《くんかい》を垂れた。

「申しわけございませぬ。ですが、上様のことを……」

「阿呆。誰がいつ上様のことだと言った」

まだ食ってかかろうとする聡四郎を入江無手斎が怒鳴りつけた。

「上様が阿呆なわけなかろう。ちょいと恋に惑わされただけだ」

「…………」

詭弁《きべん》ではないかと思っても、師匠の言葉を覆《くつがえ》すだけの根拠はない。聡四郎は口をつぐんだ。

「どこがどうだとは言わないがな。剣術もそうだ。初代、二代までは実力もあり、努力も重ねる。それが三代目をこえると怪しくなる。大体が生まれたときには、道場の跡取り息子だからな。弟子たちに若先生とおだてられて、さほど苦労もせずに育つ。こんなのが道場主になってみろ、弟子の腕があがるはずはなかろう」

「それはたしかに」

入江無手斎の説明に聡四郎は同意した。

「それと将軍家が同じだと」

「違うと言えるのか」

「うっ」

言い返された聡四郎が詰まった。

「家康公の血を引いていれば、誰でも将軍になれる。元服《げんぷく》もしていない子供に天下の政ができるとでも」

「師……」

子供が七代将軍家継のことだとすぐにわかった聡四郎は難しい顔をした。

六代将軍家宣の嫡男、家継は父の病死を受けて四歳で将軍となった。当たり前のことだが四歳の子供に天下を治めることなどできない。扶育《ふいく》役の間部越前守詮房《まなべえちぜんのかみあきふさ》、新井白石《あらいはくせき》の二人が、家継に代わって政を担当した。

いかに家宣からの寵臣《ちょうしん》とはいえ、家臣でしかない。政の最終責任を負うことはできないのだ。家継の治政はわずか四年と短かったが、その間に天下はまったく進捗《しんちょく》しなかった。

間部越前守詮房と新井白石の二人を排除しようとする譜代大名と役人たちが、綱引きをしたためである。さらに間部越前守詮房と新井白石の二人も協力するのではなく、権力を独占しようとして争った。これで天下が無事に治まるはずはなかった。

新井白石に見いだされ、勘定吟味役に抜擢された聡四郎は、一時その走狗《そうく》として勘定奉行の荻原《おぎわら》近江守や豪商紀伊国屋文左衛門《きのくにやぶんざえもん》と戦った。

小判を改鋳《かいちゅう》して混ぜものを入れ、枚数を増やした元禄《げんろく》小判改悪の問題や、幕府が命じる普請に納める材木の代金をごまかして儲けようとした悪事などを新井白石に命じられるまま聡四郎は命がけで摘発してきた。

しかし、それさえも新井白石の権力把握の一手段でしかなかった。

聡四郎は政の醜さを金を通じて覚えた。

「戦国で主君というのは、血筋もあるが能力で家臣たちに選ばれる。こいつは駄目だと思えば、家臣は主君を見捨てて他へ移った。そうしないと主家とともに滅ぶ羽目になる。だから、皆、必死で主君を選び、これと思う人物に尽くした。己が死んでも主君は残り、大きくなってくれる。そうすればきっと子供を取り立ててくれるだろう。そう思えばこそ命を捨てられた」

入江無手斎が続けた。

「だが、戦がなくなったことで武士の意味が消えた。戦わない武士なんぞ、役立たずだぞ。米を作るわけでもなく、家も建てられない。道具の一つも生み出せない。そんな役立たずが、先祖の禄で生きていける。これが泰平だ」

厳しく入江無手斎が武士を批判した。

「生き死にがなくなるのだ。主君を選ばずともすむ。それに慣れれば楽だぞ。なにも考えず、御説《おせつ》ごもっともと崇《あが》めていればいい。禄は増えぬが、減りもせぬ」

「むう」

聡四郎は勘定吟味役、御広敷用人を務めてきて、役人たちの保身がどれほど強いかを見てきた。入江無手斎の言い分が正しいと知っているだけに、聡四郎はただうなるしかなかった。

「上様は紀州から幕府をよくすると信じて来られた。だからいい。だが、人はいつまでも生きてはおれぬ。寿命だけはどうにもならぬ。上様もいつかは隠れられる。かく言う儂《わし》も明日死ぬかも知れぬ」

「生き死にを口になされませぬように」

聡四郎が入江無手斎に意見をした。

「そうであったな。歳を取ると死が身近でな。つい口にしてしまう」

素直に入江無手斎が詫びた。

「話がずれた。今はいい。いつか愚かな人物が将軍となり、無茶な政をしようとしたとき、誰もそれを止めないようでは世は乱れるぞ」

「…………」

入江無手斎の語りに聡四郎は耳を傾けた。

「止めようともしない。悪政とわかっていながらご無理ごもっともという連中は、いつの時代にもいる。戦国乱世でもそういった輩はいた。一時は中国から九州へ覇《は》を唱え、小京都とまで言われた城下を誇りながら、あっさりと消え去った大内《おおうち》がそのいい例じゃ。当主が蹴鞠《けまり》だ、詩だ、語だ、録だと戦国に文を楽しみ、武を忘れた。それを諫《いさ》めず、助長した者、追従《ついしょう》した者は、末路をわかっていながら主君の機嫌を損ねまいとし、あるいは阿《おもね》ることで己の立身だけを考えた。まさに獅子身中《しししんちゅう》の虫だ」

「まさに、まさに」

聡四郎も強くうなずいた。

「これらはまだいい。排除するだけの理由も、大義名分もある。奸臣《かんしん》だからの。問題は別の者だ」

「以外にも問題が……」

小さく首を左右に振った入江無手斎に、聡四郎は目を大きくした。

「主君の失政を失政と気付かぬ者どもよ」

「あっ」

聡四郎は思わず声をあげた。

「主君のやることは絶えず正しいと思いこんでいる輩、まちがっていると気付けぬ輩、なにも考えていない輩。こやつらが真に国を滅ぼす」

「むうう」

師の前ということも忘れて、聡四郎は腕を組んで思案に入った。

「年貢を一気に増やす。人の数に税をかける。これらをおこなえば、その瞬間だけ国は潤う。しかし、年貢や税を納めてくれる民が疲弊《ひへい》する。民も霞《かすみ》を喰って生きているわけではない。働くには、それだけ喰わなければならない。年貢や税を上げると、その食い扶持まで取りあげることになり、力を出せなくなって畑仕事が滞る。結果、翌年からの稔《みの》りが悪くなる。それに気付かない連中がもっとも悪だ。そして、それは……」

最後まで言わず、入江無手斎が聡四郎を見た。

「世間を知らぬ、実情を見ていないから、そうなると」

「うむ」

答えた聡四郎に、入江無手斎が首肯した。

「どのくらいの年貢なら百姓に余力が出るかを知らないから、どこまでも取れると思ってしまう。それが国力を減じるとさえ気付かない。そんな家臣ばかりになってみよ、将軍も馬鹿になるしかないぞ。上様は紀州で庶民とともに育ってこられた。

ゆえにまちがわれまい。問題は、次のお方からじゃ。七代将軍の家継さまを見ればわかろう。江戸城で育ったお世継ぎは、城下にさえ出ない」

「世間を見ることがない」

「そうじゃ。庶民がどんな暮らしをしているかを知らなければ、家臣たちの報告をそのまま受け取られる。これでは、正しい答えは出ぬぞ」

「世間を知る……」

聡四郎が考えこんだ。

「たしかに、おぬしもそこいらの旗本よりは世間を知っている。ご不幸を口にするのは不謹慎だが、長兄どのが亡くなられねば、おぬしはいまだに冷や飯食いか、水城家よりはるかに格下の貧乏旗本へ婿養子にやられたか、儂の道場を継いでいたかのどれかだったからな」

「はい」

聡四郎も認めた。

千石に満たない旗本の次男以下は惨《みじ》めなものであった。家は長兄が継ぐ。家禄がさほどないので、分家はできない。分家を作れば次男以下にも居場所はできるが、本家の禄が減ることになる。旗本にとって家禄は、家格でもある。分家を増やしたことで禄が減れば、家格も下がる。家格が下がれば、今までのつきあいができなくなるだけでなく、役目に就ける機も少なくなる。なにより就ける役目の格が低くなるのだ。

町奉行ならば三千石、目付ならば千石と、幕府の役目には概《おおむ》ねの役高が決められていた。

これはその役目をこなすには、このていどの家禄がないと難しいと考えられているからであった。

もっともこの者は優秀で、格上の役目をこなすのにふさわしいとなったときは、役高に合わせて加増される。

だが、その人物が使えるかどうかわかっているときの話である。昌平坂《しょうへいざか》の学問所で優秀な成績を収めたとか、下役を務めているときに頭角を現したとかでなければ、抜擢はまずされない。

元服したが、学問所でも目立っていない人物なぞ、誰も引きあげてはくれないのだ。このとき、ものを言うのが家禄であり、家格であった。

だけに、下手に分家を作るわけにはいかなかった。

次男たちは、なんとか跡継ぎの居ない家、娘だけの家へ養子として迎えられるように努力するか、剣術などで名をなして独立するかしなければ、実家の台所脇で生涯厄介《やっかい》叔父《おじ》として、家臣以下の扱いに耐えるしかなかった。

「儂の道場へ足繁《あししげ》く通っては来たが、あまり町屋を見て回ってはおるまい」

「なにぶんにも、余裕がございませんでしたので」

道場の行き帰りに寄り道をしなかっただろうと言われて、聡四郎は苦笑した。

江戸はなにをするにも金が要る。金なしでできるのは、せいぜい神社仏閣への参詣くらいで、茶店で休むにも小腹が空いたので露店で団子をと思っても、相応の金を払うことになる。

水でさえ露店で買えば、鐚銭《びたせん》数枚するのだ。

「世間知らずと言ったのはまちがいか」

「いいえ」

聡四郎は首を横に振った。

「ですが、それならば城下を見て回れと仰せられるだけでよろしゅうございましょう」

今の聡四郎は七百石の旗本である。茶屋で休む金や、煮売り屋で飲み食いする金に困ることはなかった。

「上様のお考えを儂あたりが推察するのは、無礼千万だがな。上様は天下を見て来いと言われたのではないかの」

「天下を……」

聡四郎が息を呑んだ。

「そうだ。天下は広いぞ。たしかに江戸城下も広いが、その何倍もある。人の数もそれだけ多い。江戸では見られぬ人の姿を確かめるのも修行になる。最近、まともに稽古もできておるまい」

「恥ずかしいことでございまする」

怠けていると師匠に指摘された聡四郎が、顔を伏せた。

「まあ、旗本の当主になれば、ほとんどが稽古から離れるからの。他にせねばならぬことが多くなる。ひたすら剣に向き合えるのは、部屋住みの間だけだ」

入江無手斎が手を振った。

「さて、あまり話ばかりでは、腰に根が生える。せっかく玄馬もおることであるしな。少し稽古をつけてやろう」

勢いよく入江無手斎が立ちあがった。

「かたじけなし」

「ありがとうございまする」

聡四郎と大宮玄馬が続いた。

三

一放流は戦国の武将富田一放《とだいっぽう》の創始になる。富田一放は名人越後《めいじんえちご》と称された中条流《ちゅうじょうりゅう》の遣い手富田越後守重政《しげまさ》に剣を学び、後に一流を起こした。

「真剣勝負は一瞬で決する。初太刀《しょだち》で敵を仕留められなければ、こちらの命がなくなると思え。一の太刀ありて、二の太刀なし」

戦国乱世を生き抜いた富田一放は、剣術の極意を集中した渾身《こんしん》の一撃にあると会得し、その心構えを弟子たちに伝えた。入江無手斎は、その流れを汲む。

「参れ」

庭へ出た入江無手斎は裸足《はだし》で股立《ももだ》ちを取り、木刀を手に無造作に立った。

「吾から行く」

「はっ。拝見仕《つかまつ》りまする」

先に出ると言った聡四郎に、大宮玄馬が一礼して下がった。

「よろしくお願いいたしまする」

「参れ」

礼をした聡四郎に、入江無手斎がうなずいた。

「…………」

右肩に木刀を担ぐような型、一放流の基本の構えを取るなり、聡四郎は間合いを一気に詰めた。

「しゃあ」

足首、膝、腰の関節を伸ばし、肩を使って太刀を撥《は》ねあげる。全身の力を刀身に集めた必殺の一撃が、一放流の一の太刀であった。

「ふん」

入江無手斎が聡四郎の一刀を半歩右へと身体をずらしてかわした。

「……おう」

一撃が当たるとは聡四郎は思っていない。まっすぐ斬り落とした全身の力をこめた一刀を、手首を返し、腰をひねることで聡四郎は無理矢理薙《な》ぎ技へと移した。

「やっ」

片手の木刀で入江無手斎が、聡四郎の攻撃を受け流した。

二の太刀知らずと言われている一放流にも、連続技はあった。もちろん、秘技である。初太刀にすべてをと思わせておき、それをかわしたと誇った瞬間の隙を突く。これこそ一放流の極意になる。

「思い切りがよくなったな」

聡四郎の力を利用して後ろへ跳び、間合いを空けた入江無手斎が褒めた。

「躊躇《ちゅうちょ》は、己を殺し、味方を不利へ落としまする」

「伊賀者との戦いで学んだな。あやつらも碌なことをせぬが、聡四郎にこの気概を学ばせた功績は認めてやらねばならぬな」

入江無手斎が笑った。

「うりゃあ」

ふたたび聡四郎が間合いを詰めた。

「同じ手は効かぬ」

合わせて入江無手斎も前に出た。

「くっ」

間合いの目測が狂った聡四郎が、あわてて太刀を振るった。

「軽い」

あっさりと入江無手斎が片手で聡四郎の木刀を弾いた。

「無理はするな。まずいと思えば、自ら下がれ。重みなき剣では、敵を倒せぬ。いや、体勢が乱れて、大きな隙を作るだけだ」

「参りましてございまする」

喉元へ突きつけられた木刀の切っ先に、聡四郎は額に汗を浮かべた。

「次」

「お願いいたしまする」

交代しろと言った入江無手斎に、大宮玄馬が向かった。

「ふむ」

小太刀《こだち》の木刀を右手にだらりと下げた大宮玄馬に、入江無手斎が小さく顎を上下させた。

「主と違って、玄馬は稽古を重ねていたようだ。身体のどこにも余分な力は入っておらぬの」

「殿の警固こそ、吾が役目でございますれば」

入江無手斎の称賛に、大宮玄馬が応じた。

「よろしかろう。参れ」

「はい」

誘った入江無手斎に、大宮玄馬が突っこんだ。腰を曲げ、地を這《は》うように低い姿勢で大宮玄馬が、入江無手斎の腿《もも》を狙った。

「……はっ」

入江無手斎が跳びあがって、膝をたたみ、大宮玄馬の木刀に空《くう》を切らせようとした。

「なんの」

大宮玄馬が、刀の軌道を上へと変えた。聡四郎の技を少し変えたのだ。

「ちぃい」

跳んでいては姿勢を変えられない。身体のどこかが地か壁に付かないと、方向を変えることはできない。

「おうりゃあ」

入江無手斎が大きな気合いを発して、手にした木刀を振るった。

「負けませぬ」

迎撃に来た入江無手斎の木刀を、大宮玄馬の木刀が弾いた。

「……参った」

入江無手斎の木刀を排除した大宮玄馬の一撃が、そのまま入江無手斎の身体を打った。

「地に足が付いていないと軽いな」

降り立った入江無手斎が苦笑した。

「ありがとうございました」

木刀を背中に回した大宮玄馬が深々と一礼した。

「見事である。やはり、儂にはもう玄馬に教えるものはなくなったな」

入江無手斎が誇らしさのなかに寂しさを含んだ表情で嘆息した。

「いえ、まだまだお教えいただくことはいくらでもございまする」

大宮玄馬が否定した。

「教えることか……そうよな。殺し合いでの気概くらいか。いや、それも負けておる」

何度も襲撃を受けていると、嫌でも人を殺すことに慣れる。初めて人を斬ったとき、夜は眠れず、何度も吐いた者でも、重なれば心への負担は軽くなる。

「玄馬に最後の教えじゃ。敵を生かそうとするな。斬ることをためらうな。主君を守りたいならばな」

入江無手斎が覚悟の話をした。

「そして、もう一つ。決して斬ることに溺れるな。斬ることを楽しむな。鬼に堕《お》ちるぞ。儂は何人も見てきた。剣の才を持ちながら人を斬ることに淫し、極意に達するという目標を失った者をな」

「……心いたしまする」

しみじみと言った入江無手斎に、大宮玄馬が背筋を伸ばした。

「人斬りは、かならず討たれる。人の恨みを背負った者の宿命《さだめ》じゃ」

入江無手斎が瞑目《めいもく》した。

「師……」

「先生……」

「疲れた。少し寝る」

聡四郎と大宮玄馬の気遣う声を背に、入江無手斎が長屋へと歩いて行った。

「鬼伝《きでん》のことでございましょうや」

「おそらくな」

大宮玄馬の問いに、聡四郎はうなずいた。

鬼伝とは、入江無手斎の剣における敵方《あいかた》ともいうべき人物であった。上野《こうずけ》国生まれの剣豪浅山一伝斎《あさやまいちでんさい》が起こした一伝流、その継承者であった浅山鬼伝斎《きでんさい》と入江無手斎は、入江無手斎が諸国回行修行の最中に出会い、試合をおこなった。

まさに実力は伯仲《はくちゅう》だったが、入江無手斎が勝利した。

「今度こそ勝つ」

浅山鬼伝斎も国を捨てて、修行の旅に出た。

剣術修行の者の旅は、その地の道場へ立ち寄って寄宿させてもらう代わりに師範代を務めたりする。

「おぬし、なかなかだの」

道場主に気に入られると半年、一年と滞在するときもある。

「どこどこの道場に、腕の立つ武芸者が立ち寄っているらしい」

噂も立つ。

諸国回行修行をする者にとって、噂ほどありがたいものはなかった。噂を聞きつけたどこかの藩が、仕官の誘いに来るかも知れないからだ。世は泰平、剣術ができたところで役には立たないが、大名は武を誇らなければならない。

「当家には新陰流の遣い手がおりましての」

することもなく一日江戸城で座っている大名たちの楽しみは、お家自慢、お国自慢である。

「いやいや、当家の剣術指南役は一刀流の名人でござる」

大名など江戸城では家臣でしかないが、藩邸、あるいは国元へ帰れば、最高権力者なのだ。わがまま放題に育っている者が多く、負けず嫌いである。

「ならば、一度試合させてみましょうぞ」

「望むところでござる」

家臣の都合など考えず、大名同士が話を進めてしまう。

こういったことはままあり、どこの大名家でも腕の立つ家臣を抱えていた。しかし、親が名人だからといって子供が名手になるとは限らない。しかし、主君は試合を約束してしまっている。

「国元から呼び寄せなければなりませぬので、試合は三カ月先ということで」

実際の手配をする用人あたりが、日延べを相手に求め、その間に人探しをする。

そのとき、噂が城下に広まっていれば、勧誘されるかも知れない。

また、高名になれば、教えを請う者が道場へ集まり、儲けを生む。こうなると、他所《よそ》へ移るときも紹介状をもらえたり、路銀を多めにもらえたりする。

諸国回行修行の者は、できるだけ己のことを派手に宣伝した。入江無手斎も浅山鬼伝斎もかなりの腕達者だけに、評判は高い。

「ここにいたか」

「待っていた」

同門という繋がりを持つ道場の情報伝達は早い。離れていても相手がどこにいるかは、自然と聞こえてくる。

こうして入江無手斎と浅山鬼伝斎は、何度も試合をおこなった。

そのすべてに入江無手斎が勝った。

死力を尽くすのは礼儀であり、手を抜くわけにはいかないというのもあるが、勝ち続けた入江無手斎に、浅山鬼伝斎は納得がいかなかった。

「何が足らぬ」

実際は紙一重の差であったが、勝負はただ一つの結果しかない。勝つか負けるか、そのどちらかだけが真実として残る。

「一伝流、一放流に及ばず」

剣一筋であった浅山鬼伝斎にとって、己の未熟を言われるより、流派を貶《おとし》められるほうが辛かった。

「何が違う」

呻吟《しんぎん》した浅山鬼伝斎は一つの結論に達した。

「剣は人を斬るもの。開祖も、宮本武蔵《みやもとむさし》、伊藤一刀斎《いとういっとうさい》ら名人上手も、人を斬っている。鬼と怖れられた小野派一刀流小野忠明《ただあき》にいたっては生涯で二百名を斬り殺している。それでいながら死ぬ間際に、まだ足らぬと叫んだというではないか」

浅山鬼伝斎が闇へ堕ちた瞬間であった。

この後、浅山鬼伝斎は剣術の表から忽然《こつぜん》と姿を消し、ふたたび入江無手斎の前に現れたときは、すさんだ気配を身にまとった人斬りの鬼と化していた。

その浅山鬼伝斎と入江無手斎は殺し合いをおこない、勝った代償に入江無手斎は右手の肘から先の力を失っていた。

「柳生が言う活人剣《かつじんけん》は偽りじゃ。人を生かす剣なぞあるか。あれは目の前の敵を斬ることで背後にかばうべき主君、領民を守るという意味で、そのときが来たならば、迷うことなく太刀を振るえという教えだ。それがいつの間にか、坊主によってひねくり回され、人を殺さず勝つなどという寝言に解釈をゆがめられた」

入江無手斎が聡四郎と大宮玄馬に教えるのは、剣は武器だということであった。武器は抜けば、かならず相手を斬るまで納めてはならない。その覚悟なしに安易なまねをするな、抜いたならば仏心は起こすなと入江無手斎は言っているのだ。

「心せねばなりませぬ」

「ああ」

大宮玄馬が決意を新たにし、聡四郎も同じ思いだと告げた。

四

道中奉行副役ができたというのは、江戸城を大きく揺るがせた。もちろん、賛否両論が飛び交った。

「助かった。道中奉行の職務まで手が回らなかった」

喜んだのは、勘定奉行であった。

もともと道中奉行は独立した役職であった。しかし、街道の整備が各地の大名、代官などに委嘱《いしょく》されている実情から、やることもなく大目付に兼任させる形へと変更された。やがて大目付も形骸になったため、補修などの予算を組むなどかかわりの深い勘定奉行へ委嘱させるべきとの意見が出た。

「道中奉行は、その状況確認や補修の指示などで諸国の大名との折衝《せっしょう》もせねばならぬ。大目付でなければできぬ役目である」

なにもしていなくとも、既得権益を奪われるのは嫌がる。それが役人というものである。大目付が道中奉行の移管に抵抗し、結果、道中奉行は二名とし、大目付、勘定奉行一名ずつによる兼任となった。

とはいえ、天下の勘定を取り仕切る勘定奉行は多忙を極める。役人としての矜《きょう》持《じ》というか、手に入れられる権益なら蚊の目玉ほどでも欲しい性質から、道中奉行という面倒ごとを引き受けてしまった勘定奉行としては、役目を奪われることなく実務を丸投げできる今回の道中奉行副役新設は歓迎すべきことであった。

対して、大目付たちは憤っていた。

「我らから、これ以上実を奪われるか、上様は」

大目付はもと惣《そう》目《め》付《つけ》と呼ばれていた。初代惣目付柳生但馬守宗矩は二代将軍秀《ひで》忠《ただ》の腹心として辣《らつ》腕《わん》を振るい、多くの大名を取り潰した。肥《ひ》後《ご》の加《か》藤《とう》、安《あ》芸《き》の福《ふく》島《しま》、出《で》羽《わ》の最《も》上《がみ》など、外様の大大名を些細な傷で改易に処した。その功績をもって柳生家は大名に列したが、そのときに生まれた大量の浪人によって、のちに由井正雪の謀反が起きた。

「むやみに浪人を増やすべからず」

三代将軍家光《いえみつ》の弟で会津《あいづ》藩主だった保《ほ》科《しな》肥後守正之《まさゆき》らの提言もあり、幕府は大名統制を緩め、その余波を受けて大目付は実権を取りあげられた。

三千石格で旗本としては最高位にある役目ながら、大目付は閑職の最たるもの、飾りであった。

実際はなにもしていないとはいえ、役目を食い荒らされるに近い大目付の反発は当然であった。

だが、それ以上に怒ったのが目付であった。

「道中奉行副役とはなにをなす役目でございましょう」

「わかりにくいならば、道中目付としてもよいのだぞ」

そう問うた目付野辺三十郎に、吉宗が答えた一言が目付部屋で論議を呼んでいた。

「目付という名称は、監察を意味する。我ら以外にそれにふさわしい者はおらぬ」

聡四郎が役目を命じられた場に同席していた野辺三十郎が憤慨した。

「そうじゃ。大名であろうが、旗本であろうが、その非違《ひい》を監察するのは目付の役目であり、他職の出る幕ではない」

別の目付が同意した。

「上様はなにをお考えなのか」

「我らの力を削《そ》がれるおつもりでは」

野辺三十郎の疑問に、年嵩《としかさ》の目付が応じた。

「聞けば、道中目付、いや道中奉行副役に任じられたのは、あの水城だというではないか」

年嵩の目付が、皆の顔を見た。

「そうだ。あの水城だ」

野辺三十郎が目付部屋の片隅に残されたままの文机《ふづくえ》に目をやった。

「狭山壱ノ丞《さやまいちのじょう》が目付を辞めさせられる原因となった」

他の目付の表情も変わった。

半年ほど前、竹姫を狙った伊賀の郷忍たちを倒すため、聡四郎は御広敷で抜刀した。

「殿中で刀を抜いた者は切腹と決まっております る」

聡四郎の台頭をこころよく思っていなかった目付の狭山壱ノ丞が、直接吉宗へその罪を訴え出た。

「ほう、ならば躬を守るために小姓が脇差《わきざし》を抜いても切腹なのだな」

吉宗が杓子定規《しゃくしじょうぎ》な解釈で聡四郎の排除を謀《はか》った狭山壱ノ丞に怒った。

「法度《はっと》は守らねばなりませぬ」

あくまでも聡四郎の罪を言い立てた狭山壱ノ丞に吉宗が断を下した。

「職を解く。屋敷へ戻って慎んでおれ」

大名、旗本の非違を監察し、直接将軍へ訴えることのできる目付が、吉宗から免職を言い渡された。

これは一人狭山壱ノ丞だけの問題ではなかった。

もちろん、将軍から直接咎めを受けた者に未来はない。本人どころか子孫まで出世の道は閉ざされたに等しい。

だが、それ以上に目付が咎めを受けたというのが問題であった。目付も旗本なのだ。なにかあったときは、目付の取り調べがあり、その結果評定所《ひょうじょうしょ》で老中出座《ろうじゅうしゅつざ》のもとに裁かれ、罰を言いわたされる。

これも建前であった。目付のなかから罪人が出る。それを許せば目付の清廉潔白という看板に傷が付く。

もし、目付を捕まえなければならなくなったときは、あらかじめ本人に言い含めて職を辞させるのが慣例であった。当然、目付の名誉を守るためだけに、相応の気配りはなされる。改易に値する罪なら減封、減封ならば蟄居《ちっきょ》、蟄居ならば慎みと一段から二段、軽くなるように目付が操作するのだ。

それが狭山壱ノ丞にはできなかった。

将軍は旗本の主君であり、その生殺与奪《せいさつよだつ》の権を握っている。将軍が放逐だと言った瞬間、その者は旗本でなくなる。これが武士の決まりであり、それを狂わせれば幕府の根本が揺らぐ。

目付部屋は、黙って狭山壱ノ丞の処分を見守るしかできなかった。

「上様から罰を言い渡されたそうだ」

「普段は肩で風を切っているくせに……」

「目付といえども絶対ではない」

狭山壱ノ丞の処分はその日のうちに、見ていた小姓や小納戸の口から広まり、たちまち噂となった。

面と向かって目付に絡む者はいなかったが、目引き袖引きして役人や大名が嘲笑するのだ。

目付の面目は丸潰れであった。

「たしかに我らは江戸から出ぬ」

当番目付が口を開いた。

目付はその役目柄組頭とか先達《せんだつ》などの役職や格を設けていない。目付は十年その役目を果たそうが、今日から任じられようが同格であった。でなければ、上から命じられてなにを探っているかを語らなければならなくなったり、監察に手心を加えなければならなくなったりする。

とはいえ、他の役人や大名との遣り取りなどはある。それを一々、個人でやっていては効率が悪すぎる。老中からの通達などは、全員を集めて一度話せばすむ。そういった連絡や雑用を引き受ける者として、当番目付があった。

当番目付は一カ月交代で回り番し、その間は目付部屋に詰めていなければならないが、別段他の目付よりも偉いわけではなかった。

「……むう」

野辺三十郎が唸《うな》った。

地方へ出て行くのは面倒であった。なんといっても旅は辛い。目付は布衣《ほい》格で騎乗が許されるとはいえ、一日馬に乗っていると尻の皮はめくれるし、腰は痛む。また出先での食事や寝床に文句は言えない。さらに目付という職権で出向いていては、遊ぶことができないのだ。江戸でも目付が吉原《よしわら》へ通っているなどと噂になれば大事になるため、そういった遊びはしないが、屋敷に妾《めかけ》を囲うくらいはできる。それに屋敷のなかでは酒を飲もうとも文句は言われない。

しかし、旅先ではそれができなくなる。その辺の旅籠《はたご》の女を閨に連れこむわけにはいかず、宿場の遊廓に足を踏み入れることもまずい。酒を飲むのも他人目《ひとめ》を憚《はばか》る。雨が降っても、風が吹いても旅は続くのだ。それでいて、手柄を立てられるかというと、わからないとしか言えないのだ。

地方から訴えがあり出向いても、すでにときは経っている。捕まえるべき相手が逃げだしていることもある。

ならばすぐに結果も出せ、手柄を見せつけられる江戸で職務に邁進《まいしん》しているほうがいいに決まっていた。

「我らの怠慢を突かれた形だ。文句を言えば、こちらに返す刀が来る」

「じゃな」

当番目付の言葉に他の目付が同意した。

「どうする。このまま見過ごすか」

野辺三十郎が悔しそうな顔をした。

「いや、それはよくないだろう」

当番目付が否定した。

「すでに狭山壱ノ丞の処分で我ら目付は傷を受けている。たしかに将軍家は家臣でしかない旗本を思うままにできる。そうだとはいえ、自儘《じまま》にされては困る。しかも狭山は法度に則《のっと》って、水城の責任を問うただけだ。たしかに竹姫さまを守るために抜刀したのを咎めだてるのは正しくない。なにがなんでも太刀を抜いてはいかぬとなれば、上様をお守りする者がいなくなる」

「たしかに、あれは狭山が悪い」

「上様への諫言のつもりだったのだろうが……露骨すぎた」

狭山壱ノ丞のやり方がまずかったと目付たちは同意した。

監察といえば、世俗の欲から離れた清廉潔白な人物を想像する。事実、目付に任じられた者は、親子兄弟親類一同と縁を切り、なにかあったときに情実を絡めたとの疑いを払拭する。

しかし、その性質は別であった。

目付になった人物の性質ではなく、役目自体のそれは、頑《かたく》なものであった。当たり前といえば当たり前なのだ。監察は法度に則って役目を遂行する。当然、目付は法度を熟知していないと務まらない。

幕府は基本、武家諸法度《ぶけしょはっと》と禁中並《きんちゅうならびに》公家諸法度《くげしょはっと》で動いている。ただし、そこに後から付け加えられた法度や令がかかわってくる。生類憐《しょうるいあわ》れみの令のように五代将軍綱吉によって発布され、六代将軍家宣によって廃止されたものもあるが、ほとんどのものはそのまま生き続けている。

目付はそのすべてとは言わないが、ほとんどを覚えていなければ仕事に差し支える。

ようやく覚え、運用もできるようになった法度が、改革という名前で廃止されたり、運用方法が変わったり、新しい法度が生まれては、目付としてはたまったものではない。

目付こそ旧態《きゅうたい》依然《いぜん》の権化《ごんげ》であり、改革の敵であった。

「徒目付《かちめつけ》を出すか」

「ふむ」

当番目付の提案に野辺三十郎が思案した。

徒目付は目付の下僚《かりょう》であり、御家人《ごけにん》の非違《ひい》監察を主たる任としている。御家人のなかでも腕の立つ者から選ばれ、技量に優れた者は隠密として諸国へ派遣されることもあった。

「旅の空ではなにがあってもおかしくはなかろう」

当番目付がなにげない口調で言った。

「…………」

野辺三十郎が黙った。

「水城とやらは、勘定筋だそうではないか。もともと初役が勘定吟味役であったとか。算盤が得意ならば、刀は苦手であろう」

「そうよな……」

「待たれい」

二人の遣り取りに別の目付が口を挟んだ。

「どうした、三波氏《みなみうじ》」

当番目付が問うた。

「拙者、過日の御広敷であった騒動の後始末に出張りましたが、あの水城と申す者、勘定筋の出とは思えぬ腕でござるぞ」

三波と呼ばれた目付が注意を促した。

「下手に返り討ちに遭えば……」

「徒目付どもが反乱を起こしますぞ」

当番目付の危惧に、三波が首肯した。

徒目付は目付の指図を受ける。目付から、水城を追い討てと言われればまず従う。

逆らえば家が潰されるとわかっている。理も非もないのが、目付と徒目付の関係であった。

うまくいけばなにごともなかったかのように、目付も徒目付も過ごせる。が、徒目付が返り討ちに遭ったりしたときが困った。

当主が非業《ひごう》の死を遂げる。お役目中の死亡は、家督相続できる。子供がいなければ養子を迎えるまで待ってもくれる。格別な配慮をしてもらえる代わりに、その死の経緯を届け出なければならない。だからといって刺客を命じられましたとは言えないのだ。言えば、命じた目付も終わる。まちがいなく切腹でお家断絶になる。さらに、監察たる目付が、己たちの役目を守るために、旗本を襲ったなどとなれば、ことは幕府をゆるがす大事になる。

「ふざけるな」

「刺客は公明正大なものでござろうかの」

非難、皮肉が飛び交い、誰も目付の指示を聞かなくなる。

「他人を咎める前に、自らの襟を正すべきでござろうが」

こう言われればなにも言い返せない。

なにより、腹心を狙われた吉宗が黙ってはいない。

まさに好機到来とばかりに、吉宗が目付に手出しをしてくる。

「謀反に等しい」

「我ら全員が職を辞するだけですめばよいが……」

目付は一人で役目を果たし、よほどでなければ同僚といえども相談をしない。だが、これだけのことをしでかせば、知りませんでした、関係はございませんでしたは通らなかった。

いわば、目付は吉宗の政敵なのだ。政敵を見逃せば、かならず後で痛い目に遭う。臥薪嘗胆《がしんしょうたん》という言葉があるくらいなのだ。これは古来、歴史が証明している。

「改易まではないだろうが、目通り格を剥奪くらいはされような」

旗本から御家人への格落ち、これほどの不名誉は旗本になかった。

「それは……」

旗本のなかの旗本といわれる目付にこれ以上の罰はなかった。

野辺三十郎が苦い顔をした。

「徒目付は出さぬがよいか」

「ああ。それこそ刺客を命じられたその足で、徒目付が上様のもとへ駆けこみかねぬ」

徒目付《めみ》は目見えできないが、吉宗がそんなことを気にするはずはなかった。

「ではどうする」

「道中奉行副役だというのではないか。ならば、東海道と中山道は欠かせまい。領内を街道が通っている大名どもに話をしよう」

「街道沿いの大名になにをさせる」

「せっかくの道中奉行副役さまだ。いろいろ陳情して、難事を解決してもらえと……の」

当番目付がにやりと笑った。

「なるほど。面倒ごとを押しつけるか。うまく解決したところで大名領のことなれば、手柄にならず、失敗すれば役立たずと大名どもから笑われる。どちらにせよ、我らに負担はない」

野辺三十郎も名案だと認めた。

「藩境でのもめ事をうまくさばけず、大名同士の争いにすれば、我ら目付衆の出番だ。お役目とあれば、上様のお気に入りといえども遠慮はせん。かつての刃傷とは違い、上様でも手助けのなさりようはない」

「まさにまさに」

「我らをないがしろになされたことを悔やんでいただこうぞ」

目付たちが顔を見合わせて、うなずきあった。

第三章　ことの始まり

一

聡四郎は道中奉行副役《そえやく》として江戸を出る準備のため、紅の父で口入れ屋相模屋の主伝兵衛《でんひょうえ》のもとを訪れた。

「よき中間《ちゅうげん》はおらぬか。五人ほど欲しいのだ」

武家の用人が雑用を任せる中間探しを依頼に来ていたり、

「女中奉公をさせていただくお店《たな》を探しております」

勤め先を探しに来ている女が、相模屋の番頭に相談をしかけている。

口入れ屋には多くの者が出入りする。仕事を求める者、奉公人を探している者、このあたりは当たり前で、なかには妾となる女を見つけようとする者や行方《ゆきがた》知れずになった兄弟や子供の消息を尋ねる者もいる。

相模屋伝兵衛は江戸城の出入りも許されているだけに、諸方からの信頼は篤《あつ》い。店構えは小さいが、人の数は多かった。

「変わらず、繁盛だ」

聡四郎は感心しながら、相模屋伝兵衛との面談を望んだ。

「ご無沙汰をいたしております」

「お顔をお上げくださいやし。とんでもないことで」

奥の居室で無沙汰のあいさつをする聡四郎に、相模屋伝兵衛が慌てた。

「水城さまは、立派なお旗本。わたくしごとき町人に頭をお下げになってはいけません」

相模屋伝兵衛が意見をした。

「いえ、舅どのには違いありません。かたじけないことでございますが、他人目のないところではお許しいただきたく」

聡四郎が他人前では、相応の態度を取るので、二人きりのときは勘弁してくれと応じた。

「まったく、相変わらず義理堅いお方だ」

相模屋伝兵衛が苦笑した。

「紅は元気にいたしておりましょうか」

父親としての気がかりを、相模屋伝兵衛が最初に問うた。

「いつもどおりでございまする」

「はあ……変わりませんか、娘は。母になったというに……」

元気だと告げた聡四郎に、相模屋伝兵衛が嘆息した。

「紬さまはいかがでございましょう」

娘は呼び捨てにできても、孫は水城家の血筋になる。相模屋伝兵衛が紬に敬称を付けた。

「紅によく似て、健勝《けんしょう》でございまする」

「それはなにより」

元気だと笑った聡四郎に、相模屋伝兵衛が安堵の顔を見せた。

「で、本日は」

一応の遣り取りを終えたと感じた相模屋伝兵衛が問うた。

「じつは……」

聡四郎は道中奉行副役に任じられたため、諸国を巡らなければならなくなったと述べた。

「おめでとうございまする」

どのような役目でも就けるだけで名誉である。まず、相模屋伝兵衛が祝いを口にした。

「ありがとうございまする。つきましては、道中の供をしてくれる者を二人ほどお願いいたしたく参じましてございまする」

聡四郎が用件を口にした。

「お供をお探しでございますか」

相模屋伝兵衛が怪訝な顔をした。

「今までは……」

「それが、今回は公用旅になりますゆえ、体裁を整えなければなりませず……」

聡四郎が小さく首を振った。

今までに聡四郎は二度、京まで出向いていた。

二度とも吉宗の命で、その二度とも目的は竹姫を御台所にするための調査と根回しのためであった。

つまり、二度とも吉宗の私用であり、供の数などさほど気にしなくてもすんだ。

しかし、今回は正式な役目としての旅になるので、当主と家士だけとはいかない。

「お屋敷に人手ならございましょうに」

今更新しい奉公人を雇わなくても、もとから水城家にいる者で用は足りるだろうと相模屋伝兵衛が首をかしげた。

「たしかに当家にも家士、中間、小者《こもの》はおりますが……」

二度の京行きにも小者たちを随伴しなかったのには理由があった。

「腕が立ちませぬ」

聡四郎が首を左右に振った。

分家から入って強硬な改革を進める吉宗には敵が多い。その吉宗の走狗《そうく》となっている聡四郎も狙われている。江戸のなかならまだ町奉行所や火付《ひつ》け盗賊改《とうぞくあらた》め方《かた》などの抑制もあり、さほど派手にやられることはないが、旅に出てしまえば話は別になる。

敵は遠慮なく、弓や鉄炮を遣えるし、多数で圧することもできる。

「せめて己の身は己で守れるくらいでないと」

小者だからといって自家の奉公人を見捨てることはできなかった。かといって、戦えない奉公人を守りながらとなると、聡四郎や大宮玄馬も危なくなる。

聡四郎は自らも荷物を持つことになるとわかっていても、小者たちを連れて行かなかったのは、こういった理由からであった。

「なるほど」

相模屋伝兵衛が納得した。

「己を守れるほど腕の立つ者……誰か、人帳面《ひとちょうめん》を持って来てくれ」

大声で相模屋伝兵衛が要求した。

人帳面とは、口入れ屋に職を求めに来た者たちの詳細を示したものだ。職を求める者の名前、年齢、生国《しょうごく》、住まいなどの基本から、細かい細工が得意、力が強い、字の読み書きができるなどの特技にいたるまで記されていた。

「お待たせを」

聡四郎と顔見知りの番頭が八冊近い帳面を持って来た。

「女帳面はいかがいたしましょう」

「そちらは要らないよ。女を紹介なんぞしたら、わたしが紅に殺される」

訊いた番頭に、相模屋伝兵衛が顔をゆがめた。

「しばし、お待ちを」

相模屋伝兵衛が人帳面を繰り始めた。

「…………」

無言で見つめる聡四郎は、ときどき相模屋伝兵衛が反故《ほご》を帳面へ挟んでいくのに気付いた。

「……お待たせをいたしました」

小半刻《こはんとき》（約三十分）足らずで、相模屋伝兵衛が作業を終えた。

「これはと思える者が十二人おりました」

「多いな。さすがは江戸一の口入れ屋相模屋だ」

数の多さに、聡四郎は驚いた。

聡四郎が感動したのは、相模屋伝兵衛が単に自衛できる男ではなく、それ以上に役立つであろう者を選んだと読んだからであった。

「一応、ご説明をいたしましょう。お気になられた者がおりましたら、呼び出しますのでお目通りをくだされば」

「そうさせていただきたい」

相模屋伝兵衛の案に聡四郎は同意した。

「では、まず相模国の生まれ、百姓の三男の鋳蔵《いぞう》。今年で二十歳になるこの者は、身の丈六尺（約百八十センチメートル）を誇り、その膂力《りょりょく》は両手に抱えるほどの岩を軽々と運びまする」

「ほう」

「次に武蔵《むさし》の国、猪太《いのた》、二十四歳。小柄ながら鳶《とび》職の手伝いを得意にしておりまして、身軽さでは群を抜いておりまする」

「…………」

「伊豆《いず》から出て参りました志津蔵《しづぞう》は、親が浪人であったと申しまする。一通り剣術を遣えるようで……」

相模屋伝兵衛が続けた。

「……最後が小田原《おだわら》の旅籠の息子で矢八《やはち》。まだ十八歳でございますが、子供のころから箱根《はこね》を行き来する旅人の荷物持ちで小遣いを稼いでいたとかで、足腰はかなり強靭《きょうじん》でございまする」

十二人を相模屋伝兵衛が語った。

「どれも捨てがたい者ばかりでござる」

聡四郎が悩んだ。

「欲しいのは二人……公用旅とはいえ、あまり目立つのもよろしからずと思いますれば、最初の鋳蔵は止めにいたしましょう。あと、志津蔵も避けましょう。なまじ剣術が遣えるというのを表に出されては、なにかと面倒でございまする」

「はい」

納得のいく理由だったのだろう、相模屋伝兵衛がうなずいた。

「矢八と猪太、あと傘助《さんすけ》の三人を見たく存じます」

「わたくしと同じでございますな」

相模屋伝兵衛が満足そうに笑みを浮かべた。

「今すぐに呼びましょう」

「お願いをいたしまする」

聡四郎が一礼した。

口入れ屋に職の斡旋《あっせん》を頼んだ者の多くは、近くの木賃宿か長屋で待機する。それこそよい奉公先というのは、なかなか見つからず、出れば奪い合いになる。そんなときに出歩いていて、口入れ屋からの報《しら》せを無にしたとあってはたまらない。

相模屋からの使いを受けた三人は、半刻《はんとき》（約一時間）ほどで集まった。

「急ぎで呼び出してすまないね」

店先で、相模屋伝兵衛が三人に頭を下げた。

「とんでもございません」

「ありがとうございます」

「喜んで参りました」

三人が呼んでもらったことに感謝した。

「そうかい。そう言ってもらうと助かるよ。さて、まず最初に訊くけど、届けた身《しん》上《じょう》に変更のあった人はいないかい。嫁をもらったとか、つごうで遠出ができなくなったとか」

相模屋伝兵衛が聡四郎の条件に合っているかどうかを確認した。

「ございやせん」

三人が声を揃えて否定した。

「結構だ。では、仕事の話をしようか。まずはご紹介申しあげる。こちらはお旗本の水城さまだ。このたびお役目で旅に出られることとなった。そのお供をしてもらいたい」

「水城聡四郎である」

紹介された聡四郎が鷹揚《おうよう》に名乗った。

「へい」

旗本と聞いた三人が緊張した。

「旅の期間は概《おおむ》ね三カ月ほどだろう。その間の荷物持ち、宿との連絡などを頼みたい。給金は三カ月で五両出す」

「五両」

「すごい」

三人が驚いた。

人足の給金は一日二百六十文から三百文といったところであった。三百文で一月働いて九千文、今の銭相場は一両で六千文ほどなので、一両二分になる。三カ月なら四両と二分になり、五両との差は二分しかない。驚くほどの待遇ではないと見えるが、江戸での人足仕事だと、その間の家賃、食費、風呂代などのすべてが自前になる。旅の場合は、その費用を雇い主が負担するのが決まりであり、三カ月の旅の間、小遣い銭以外は不要になり、うまく節約すればまるまる五両残る。独り身なら、五両で半年以上喰えた。

「もちろん三カ月より延びたときはその分も払おう。また、三カ月に満たないときでも、最初の五両はそのまま与える」

「ぜ、ぜひ……」

「あっしを」

これだけの好条件はまずない。三人が身を乗り出した。

「悪いが、雇えるのは二人だ」

聡四郎が指を二本立てた。

「…………」

途端に互いの顔を三人が見合った。

「知っているだろうが、旅は危険を伴う。賊が出ることもある。拙者は旗本ゆえ、賊などが出た場合、あるいは近くにいるであろうとわかった場合は、見過ごせぬ。退治をせねばならぬ。もちろん、拙者も家臣も剣についてはいささか心得がある」

「まちがいありませんよ。水城さまも免許皆伝であられますし、お供の家臣さまは道場を開けるほどの腕前ですからね」

聡四郎の自負を相模屋伝兵衛が保証した。

「そいつはすごい」

相模屋伝兵衛の一言は重い。三人が聡四郎を見る目が一層大きくなった。

「そうなったときに、加勢せよとは言わぬ。ただ、そこから逃げおおせるだけの足か、自らの身を守るだけの力を持っていてくれねば困る」

「逃げ足なら、お任せください。一刻で十里（約四十キロメートル）は走りやす」

矢八が売りこんだ。

「木登りや屋根の上へあがるのは得意でござんす。目もいいので、見張りもできやす」

猪太も胸を張った。

「礫《つぶて》ができやす」

最後の傘助が特技を口にした。

「ほう、礫か。習ったのか」

聡四郎が興味を持った。

礫とは、小石から拳ほどの石までを投げることをいう。戦国のころ、武田信玄は足軽《あしがる》のなかから遠くまで石を投げられる者を選び、礫攻撃を旨《むね》とする部隊を持っていた。

弓矢ほどの距離は出ないが、うまくやれば三十間《けん》（約五十四メートル）以上飛ばすことができ、鎧兜を着けていても当たりどころによっては命を奪うほどの威力を発揮した。

「習ったわけじゃござんせん。上州赤城山《じょうしゅうあかぎさん》の麓で生まれ育ちやしたので、兎《うさぎ》や雉《きじ》を獲るために覚えたので」

傘助が説明した。

山猟師になるには、いろいろと手続きが要った。なにせ、鉄炮あるいは弓を使用するのだ。領主にしてみれば、謀反のときに手強い敵になる。それを防ぐため、村で管理する鉄炮は何挺《ちょう》までとか、猟師になる者は名主や庄屋の身許《みもと》引き受けが要るとかの制限をかけた。

しかし、礫はその辺りに落ちている石を投げるだけであり、子供でもできるし、なんの制限もなかった。

「見せてもらおう」

聡四郎が傘助に要求した。

「裏をお使いくださいませ」

相模屋伝兵衛が案内した。

多くの人足を送り出すことがある相模屋は、裏で水路に接していた。

「対岸の柳に礫を当ててみせよ。そうよな、あの柳のもっとも垂れている枝の先を狙えるか」

「十間（約十八メートル）ほどでござんすから、大丈夫だと」

足下の小石を拾いながら、傘助が首肯した。

「人通りが途切れた。いきやす」

対岸の安全を確認した傘助が、鋭く右手を振った。

「……見事」

聡四郎の指示した枝が大きく揺れた。

「どれくらいの速さで続けて投げられる」

「四つ投げてみせやす」

そう言った傘助が左手に石を三つ握りこみ、右手に一つ持った。

「……はっ、ほっ、しゃ、えいっ」

一瞬の集中の後、傘助が四つの石を立て続けに投げ、そのすべてを対岸の柳の枝に当てた。

「やるな」

大きく聡四郎が目を瞠《みは》った。

「草で姿が見にくい鳥なんぞを獲るときに一度投げて、飛ばせてから打つんでございまする」

傘助が技の理由を述べた。

「結構だ」

聡四郎が店へ戻ろうと言った。

「水城さま」

店へ帰った相模屋伝兵衛が誰を選ぶのかと尋ねた。

「傘助と猪太の二人を頼もう」

「ありがてえ」

「こいつはどうも」

猪太と傘助が喜んだ。

「……なんで」

外された矢八が拗《す》ねた。

「おい、矢八」

旗本への態度としてふさわしくない。相模屋伝兵衛が矢八を叱った。

「ごめんを」

不満そうな態度をしたまま、矢八が相模屋を出ていった。

「申しわけございません。しつけが行き届きませず」

相模屋伝兵衛が謝罪した。

「若いだけにいたしかたない」

気にしていないと聡四郎が首を横に振った。

「いえ、そういうわけには参りません。奉公しようという者があのような態度を取るなど論外でございまする」

聡四郎の免責を相模屋伝兵衛は受け取らなかった。

「番頭さん、矢八を人帳面から外しておくれ」

「へい」

厳しい処分を相模屋伝兵衛が取った。

「…………」

それ以上、聡四郎は口を出さなかった。相模屋伝兵衛も商売である。客である矢八をどうするかは、相模屋伝兵衛の考え次第だからであった。

「水城さま、いつから」

「二人の用意もあろう。明後日、屋敷まで顔を出してくれ。その翌日、江戸を出る。手形は不要である。公用手形をこちらで用意するゆえな」

相模屋伝兵衛の質問に聡四郎は答えた。

公用手形は、役目で旅をする幕府役人に渡される。もともと武士は関所で止められることはなく、身分、どこの藩に属しているかなどを告げれば、手形なしで通過できた。しかし、供の小者となるとそうはいかなかった。小者は武士ではなく、その身分を保証するものがなければ、関所を通れない。

聡四郎と同行しているときはなんとでもなるが、宿の手配などで先行したとき、後始末で遅れたときなどに困る。そんなときのために手形が要った。

普通の庶民に出される手形は、出身の村の名主や庄屋、菩提寺《ぼだいじ》の僧侶の後書きなどが要り、その手配をするだけで遠国《おんごく》だと数カ月かかってしまう。それでは、役目に支障が出るため、聡四郎は公用手形を利用することにした。

公用手形は奥右筆《おくゆうひつ》に頼んで出してもらう。吉宗の命とあれば、数日かかることなく手配されるはずであった。

「では、そういう手はずでさせていただきまする。いいな、二人とも」

「へい」

「承知いたしましてございまする」

猪太と傘助が首を縦に振った。

「あとは頼んだ」

用をすませた聡四郎は相模屋を後にした。

二

もと関白《かんぱく》の近衛基凞は、竹姫を吉宗から遠ざけることには成功したが、結果、娘天英院を完全に日陰者としてしまった。

「紀州の田舎猿め。関白の娘の遇し方さえ知らぬ」

近衛基凞は、憤慨していた。

「しかし、娘は平松へ養女として出したゆえ、麿《まろ》が幕府へ文句を付けるわけにもいかぬ」

雅《みやび》どころか血なまぐさい武家と縁を結ぶのは、近衛家の家訓で禁じられていた。室町《むろまち》幕府最後の将軍足利義昭《あしかがよしあき》とは最後まで敵対し、京から追放の憂き目に遭った近衛前久《さきひさ》の遺言だという説もあるが、近衛前久は織田信長と晩年親交を重ねており、本当のところはわかっていない。それでも公家にとって、家訓は金科玉条である。

水戸《みと》家との縁談を一度は蹴った近衛基凞だったが、将軍の甥徳川綱豊《つなとよ》との話には抗しきれず、ついに娘を嫁がせなければならなくなった。

「近衛の娘でなければ、家訓に背《そむ》いたことにはならぬ」

理屈をこね回す、柄のないところに柄を付けさすなどさせれば、公家ほど得意な者はいない。

近衛基凞は、天英院こと熙子《ひろこ》を徳川綱豊へ輿《こし》入れさせる前に、家令《かれい》の平松権中納言家へ養女に出し、近衛家の娘ではないとした。

もちろん、そんなまねをしたと幕府に知られれば、大事になる。いかに五摂家《ごせっけ》筆頭、皇室別家とまでいわれる近衛家でも無事にはすまない。

さすがに近衛家を潰すことはできないが、少なくとも五摂家筆頭の座からは引きずり降ろされる。実質的な損失はなくとも、名誉で生きている公家にとって、筆頭の座は命よりも大事なのだ。

近衛家としては、今更天英院のことを蒸し返すのは避けたい。

天英院と縁のある家宣、家継の御世《みよ》ならば、近衛家に将軍が謀《たばか》られたとなれば、名前に傷が付くだけに、知っていても知らない振りをしてくれた。

しかし、今の吉宗は、家宣、家継の後始末を気にせずにできる。そのうえ、吉宗は竹姫との婚姻を邪魔した近衛家に怒り心頭とくれば、決して見逃しはしない。

「辛抱するしかないかの」

近衛基凞が悔しげな顔をした。

「太閤《たいこう》さま」

苦く頬をゆがめた近衛基凞に、下座で控えていた壮年《そうねん》の公家がおずおずと声をかけた。

「納得でけへんか、少納言《しょうなごん》」

近衛基凞が応じた。

「姫さまは、蟄居《ちっきょ》同然だとお聞きしております。罪人でもない姫さまをそのように扱うなど許せることやおまへん」

少納言と呼ばれた公家は、天英院の養父となった平松権中納言時量《ときかず》の甥、平松少納言時春《ときはる》であった。

「建前はええ」

近衛基凞が面倒くさそうに手を振った。

「天英院が力を失ったおかげで、そちが少納言から上がれないからであろう」

「…………」

図星だったのか、平松少納言時春が黙った。

平松家の歴史は浅い。平松権中納言時量の父が、西洞院《にしのとういん》家から分かれて設立した。近衛家の家令となったことで家禄二百石ながら、権中納言という高位に上がれる家格を得ていたが、これは極官《きょっかん》と呼ばれる出世の最後のことであり、かならずそこまでいくというわけではなかった。

当代の平松時春は、まだ少納言で止められていた。

「合力《ごうりき》もなくなるしの」

「それは……」

より痛いところを突かれたのか、平松時春が目を逸《そ》らした。

将軍御台所《みだいどころ》を出したのだ。近衛家には、幕府からかなりの合力がなされていた。主として金であるが、その他にもいろいろな融通をしてもらえた。

「取っておけ」

形だけとはいえ、近衛基凞は平松に娘を出した。いわば、平松こそ天英院の実家になる。それを無視するわけにはいかない。

近衛基凞は幕府から金をもらう度に、わずかとはいえ平松家へ分け与えていた。少ないとはいえ、合力の金は平松にとって慈《じ》雨《う》であった。だが、天英院が御台所でなくなってから大幅に減じられ、それも吉宗が将軍となったことで、合力金は止められていた。

「どうしたい」

近衛基凞が問うた。

「どうと仰せられはっても……」

望みを訊かれた平松時春が口ごもった。

「……」

その様子を近衛基凞がじっと見ていた。

「のう、少納言よ」

「なんでおますやろ」

平松時春が近衛基凞を見上げた。

「麿《まろ》はなんもせえへん」

近衛基凞が吉宗と戦わないと宣した。

「とはいえ、不満を持つ者を抑える気はない」

「……」

黙って平松時春が聞いた。

「なんぞ手立てはあるんか」

「おます」

平松時春が断言した。

「ほう……」

返答に近衛基凞が口の端を吊り上げた。

「京の闇に……」

「要らん。麿は知らぬ」

手立てを話しかけた平松時春を近衛基凞が制した。

「少納言、いつもよく働いておるの。麿は満足であるぞ」

「は、はあ」

いきなり褒められた平松時春が混乱した。

「ついてはの、ちと褒美をくれてやろうと思うのだ」

近衛基凞が右脇に置いていた袱紗《ふくさ》包みを、平松時春のほうへと押し出した。

「これは……」

「開けてみやれ」

首をかしげた平松時春に、近衛基凞が顎で許可を与えた。

「御免やす」

一礼して平松時春が袱紗包みを開いた。

「…………」

平松時春がなかをあらためて息を呑んだ。

なかから出てきたのは切り餅二つであった。

切り餅は二分金五十枚を和紙で包んだもので、二十五両とされている。誰が包んでもよいが、江戸では金座《きんざ》の後藤《ごとう》家、上方では鴻池《こうのいけ》や淀《よど》屋などの豪商の墨書《ぼくしょ》がなければ、封を切らずにそのままの金額では通用しなかった。鉄の板を挟んだりして、ごまかそうとする者が多かったからである。とくに、欺《だま》された者が悪いという風潮が強い上方では、墨書があってもなかをあらためるのが普通となっていた。

とはいえ、主君がくれたものを、疑って目の前で確認するなどできるはずもなかった。

「くれてやる。好きにしたらええ」

「……よろしいので」

「要らんのやったら、返し」

驚いている平松時春に、近衛基凞が手を出した。

「いえ。ありがたくちょうだいを」

あわてて平松時春が切り餅を束帯《そくたい》の袂へ入れた。

「ほな、下がり」

近衛基凞が下がれと指示した。

「…………」

無言で低頭した平松時春が、書院を出ていった。

「少納言もまめやの。別段、天英院が殺されたわけやないし、実家へ送り返されたわけやない。変わらず幕府が生活の面倒を見てくれるんや。多少、実入りは減ったけど、もとからそういうもんやと思えば腹は立たん」

言いながら近衛基凞が手にしていた笏《しゃく》をへし折った。

「まあ、ええ。麿は知らんで、麿は。なんも知らん」

一人残った近衛基凞が小さく笑った。


京の顔役利助は、江戸支配の拠点としている品川の旅籠近江屋で渋い顔をしていた。

「できのええ婿ちゅうのは邪魔なもんやなあ」

「藤林《ふじばやし》はんのことでっか」

江戸へ連れて来た右腕の史彦《ふみひこ》が確認した。藤林とは藤川義右衛門の偽名である。

「そうや。儂《わし》には勢しか娘がいてへんねん。他におるかいな」

利助が無駄なことを訊くなと史彦を叱った。

「親方には、どこに子がいてはっても不思議やおまへんがな」

史彦が文句を言った。

「伏見《ふしみ》の茶屋を預けてる女に、北山《きたやま》で草庵《そうあん》を結んでる尼はん、四条《しじょう》の芝居役者の女房、親方が手ぇ出した女は、ここ二年でもそんだけいてますねんで。十年、いや二十年前から数えたら、両手ではたりまへんがな」

「甲斐性《かいしょう》や、甲斐性。男のな」

言い返された利助が気まずそうに横を向いた。

「品川をあっさり寄こしよったので、ちいと気にしてたら、あっちゅう間に縄張りを五つも手に入れよった。それも品川を囲むように取っていきよる。これでは、儂の伸びしろがないやないか」

利助が藤川義右衛門の成果に苦情を述べた。

「たしかに、うちから手ぇ伸ばすには、藤林はんの縄張りをこえんならんですわな」

史彦がうなずいた。

「しゃあけど、気にせんでええんと違いますか。藤林はんは、闇の素人でっせ。すぐに縄張りが扱いきれんと泣きついてきはりまっせ」

「あほう、あいつがそんなかわいげのある玉かいな」

慰めを言う史彦を利助が叱った。

「泣きつくくらいやったら、三つめの縄張りを落としたときに来てるわ。一つ、二つなら目ぇ届いても、三つをこえるとどこかに穴ができる。それがないというのは、しっかり管理できてる証拠や」

利助が強い口調で断定した。

「第一、素人やったら、最初に儲けの大きい深川にいくやろ。深川は町奉行所の管轄やないしな」

「……たしかにそうでんな」

史彦も表情を引き締めた。

「それをせず、さほど儲からんところから攻めよった。一つくらいなら、縄張りというもんはどういうふうにするべきかという勉強ともとれるけどな。小さいけど品川から江戸へ入る途中にあるところを全部、押さえてしまうのはおかしいやろ」

「へい」

利助の言葉に史彦も同意した。

「あいつ、儂を閉じこめよった」

ぐっと利助が目に力を入れた。

「では……」

「そうや、あいつは品川という餌を儂の前にぶら下げて、機嫌を取ったんや。こっちが品川を支配している間に、地固めしやがった」

「品川は広すぎて、支配するのに手間かかりましたな」

難しいところだと史彦も首を左右に振った。

「もちろん、このままではすまさへんで。木屋町の利助を舐《な》めた報いは受けさせる」

「勢はんが泣きますで」

史彦が勢を気遣った。

「そんなもん、もっとええ男を与えたらええ。勢は浮気性や。今まで何人の男を取っ替え引っ替えしてきたか」

「……返事しにくいことを」

娘の貞操《ていそう》をけなす利助に、史彦が苦笑した。

「おまえも知ってるやろうが」

「知ってまっせ。なんせ、勢はんが食い散らかした男の始末をしたんは、わたいでっさかいな。ほんま親方の血ですわ」

言われた史彦が応じた。

「そうや、おまえが勢を嫁にせい」

「親方、よろしいんか」

史彦が真剣な眼差しを見せた。

勢の婿になる。それは利助の縄張りを受け継ぐことを意味していた。

「おまえやったら、子供のころから知ってる。四条《しじょう》河原で喰いかねてひったくりをやっていたころから面倒見てきたんや」

「……恩に着てます」

史彦が頭を垂れた。

「おまえだけは、儂を裏切らん。裏切れんはずや。儂が拾うてやらなんだら、十三歳の冬はこせんかった」

「…………」

俯《うつむ》いたまま史彦が聞いた。

「娘をくれてやる。その代わり、江戸の縄張りを儂のもんにせい」

「やらせておくれやす」

利助の命に、史彦が顔を上げた。


旅は命がけである。ゆえに家族は別れを惜しみ、品川まで見送った。

「伊之介《いのすけ》さんのところで休息しましょう」

紬を抱いた紅が口にした。

「そうだな」

聡四郎もうなずいた。

「無沙汰をしておる」

「こいつは、旦那。お嬢も」

声をかけた茶屋から壮年《そうねん》の男が出てきて、驚いた。

「元気そうでなにより」

紅も小腰を屈《かが》めた。

「しっかり奥さまでございますな、お嬢。いやいや、とてもあのおきゃんな娘がお旗本の……」

「伊之介さんにかかったら、まだ小娘扱い……」

感心する伊之介に、紅が膨《ふく》れた。

「お嬢が抱いてはるのが……」

伊之介が紅の胸元を覗《のぞ》きこんだ。

「紬という。長女だ」

聡四郎が娘を紹介した。

「こちらが……おおう、お嬢の子供のときによく似て」

伊之介の表情が崩れた。

「なら、安心じゃの。美形になるのは決まったわ」

入江無手斎が笑った。

「わたくしに似ず、よかったと」

娘が似ていないと言われるのは、父親としていささか腹立たしい。聡四郎が入江無手斎に絡んだ。

「……おう、耳が似ておるわ」

「…………」

わざとらしく入江無手斎が、紬と聡四郎の顔を見比べた。

「ふふっ」

聡四郎が閉口し、大宮玄馬が噴《ふ》き出した。

「これっ、主君に対し、無礼だぞ」

紅の後ろに控えていた袖《そで》が大宮玄馬を咎めた。

大奥の竹姫付きお次並《つぎなみ》から解き放たれた袖は、水城家の女中として紅に仕えていた。

「いや、これは」

注意された大宮玄馬が小さくなった。

「ふふふふ、水城家は女が強いの」

「お嬢を奥さまにしたときから、決まっておりましたよ」

入江無手斎と伊之介が笑った。

「二人とも」

紅が顔を赤くして怒った。

「やれ、叱られました。ところで品川へお見えというのは」

「うむ、公用で旅に出ることになった」

伊之介の問いに、聡四郎が答えた。

「さようでございましたか。では、奥へどうぞ。お茶を用意いたしましょう」

先に立って、伊之介が店の奥へと案内した。

「参るぞ、猪太と傘助もついて参れ」

「はあ……」

「……へい」

水城家の砕け振りに、二人は唖然としていた。

「こういう家風なのだ。気にするな」

「いつもこうだとは思わぬようにいたせよ」

入江無手斎が馴染めと言い、袖が身分は厳格に守るべきだと言った。

「………」

猪太と傘助が顔を見合わせて混乱した。

「この旅でわかるだろうさ」

その様子にほほえみながら入江無手斎が二人の背中を叩いた。

「お師《し》さま、早く」

すでに座敷に上がった紅が入江無手斎を呼んだ。

「今参りますぞ」

入江無手斎が応じた。

「後のことは任せたぞ」

座敷で聡四郎が紅に留守中のことを頼んだ。

「はい。留守中のことはご安心をくださいませ。お心おきなくお役目をお果たし下さいますよう」

武家の妻としての態度で紅が首肯した。

「師、お願いをいたしまする」

「おう。吾が命に代えても奥方と紬どのは守るぞ」

続けて聡四郎に言われた入江無手斎が真剣な表情でうなずいた。

「紬、紅の手伝いをしてくれるよう」

「はい」

紬も短い返答ながら、力強く引き受けた。

「東海道を京へ上り、大坂まで足を延ばした後は中山道で江戸へ戻ってくる予定だ。途中で長く滞在するところもあろう。おおよそ二カ月ほどと思ってはおるが、多少の日延べはあると思っておくよう。なにかあれば、飛脚を立てる。そちらも報せがあれば、京都所司代、大坂城代あてへ連絡をくれるよう」

旅の予定や連絡について、聡四郎が告げた。

「いつまでにどこへ行かねばならぬというわけではないのでございましょう」

入江無手斎がお役目に遠慮して、ていねいな口調で確認を求めた。

「上様からどうこうせよとのお言葉はなかった」

聡四郎が認めた。

「ならば、いくつか道場を回られてはいかがかの」

「道場を……」

世間を見るとあれば、道場はふさわしくない。ましてや剣鬼と戦って勝つような入江無手斎の勧める道場なのだ。どう考えても、命がけの修行をする羽目になるのはわかっていた。

「剣の見聞も拡げておいでなされ。一放流は一流だと自負いたしておりますがの、一つの流派ばかりを続けていると、どうしても世間が狭くなりまする。いろいろな流派を見て来られるだけで、かならずや役に立ちましょう」

「剣の世間……」

「殿、それはよい考えだと存じまする」

悩んだ聡四郎に、大宮玄馬が乗り気を見せた。

「戦いはどれだけ相手を知っているかで大きく変わりましょう。さすがに奥の手までは教えてくれますまいが、稽古を見るだけ、稽古試合をするだけでも大いなる経験となりますする」

大宮玄馬が言い募った。

「あまりそれにばかりかまけていては、御用を果たして江戸に戻ったとき、上様からご下問があったおりに困りそうだが……」

聡四郎が腕を組んだ。

「それに主を置かねばよいか」

「ありがとうございまする。これでより殿の警固に邁進できまする」

許可した聡四郎に、大宮玄馬が喜んだ。

「では、これを」

片手で器用に入江無手斎が懐から書状をいくつか出した。

「わたくしがかつてお世話になった道場への紹介状でございまする」

「いつのまに……」

用意周到な入江無手斎に、聡四郎が驚いた。

「こんなこともあろうかと……まあ、回国修行をさせたいと思っておったところでな」

師としての言葉遣いになった入江無手斎がしてやったりといった顔をした。

「かないませぬな」

「さすがは師」

聡四郎と大宮玄馬が負けたと言った。

「さて、そろそろ参ろうか」

あまり遅くなると六郷《ろくごう》の渡しをこえられない。聡四郎は見送りをここまでにしてくれと述べた。

「はい」

紅が寂しそうな目をしながらも首を上下させた。

「……行くぞ」

あまり未練たらしいまねは武家として褒められたものではない。聡四郎は一度だけ紅と目を合わせ、ずっと寝ている紬の顔を見て、腰をあげた。

三

家族が街道で旅人を見送る景色は品川宿の名物でもあった。

「ありゃあ、あのときの侍」

旅籠近江屋の二階から街道を見下ろしていた利助が、聡四郎に気付いた。

利助は藤川義右衛門から依頼されて、聡四郎を配下に襲わせた。だが、聡四郎と大宮玄馬、御広敷伊賀者山崎《やまざき》伊織《いおり》の返り討ちに遭い、失敗をしていた。その失敗の償いとして、利助は娘勢を差し出したといってもいい。

利助にとって、聡四郎は忘れられない相手であった。

「旅に出るようだな。前の家士、他に小者が二人か」

聡四郎たちの人数を利助は数えた。

「……見送りは嫁と赤子、老人に女中やな。ふうむ」

利助が紅たちを見ながら腕を組んだ。

「藤林に報せてやろ。伊賀もんはやられたらやりかえすのが習性やと聞いた。あの侍が江戸を離れたと知ったら、喜んで追いかけるやろ」

手にしていた杯を利助が捨てた。

「……待て。藤林はものの見える男や。江戸を手に入れるために、儂の邪魔をするくらいの頭がある。今更復讐《ふくしゅう》に重きはおかんやろ。ふむう」

捨てた杯を拾いあげて、利助が酒を注《つ》いだ。

「あいつの配下の伊賀者に教えたるか。あいつらは藤林ほどものごとが見えてへん。伊賀者の掟か身内を殺された恨みかは知らんけど、まず己が喰えての話や。矜持《きょうじ》で腹は膨れへん」

利助が酒をあおった。

「今から追えば箱根までに追いつけるかもと言うてやれば、藤林に報せもせんと走るやろ。二、三人でええから伊賀者が減ってくれたら、藤林の膨張も遅くなる。そこにつけこむ隙間がある」

ちらと利助がまだ見送りを続けている紅たちを見た。

「年寄り一人に、女二人と赤子……拐《かどわ》かすにはちょうどええな」

利助が呟いた。

「女房と子供を押さえたら、抵抗もできんわな。縄張りと交換で伊賀者たちに売りつけるちゅうのはどうや」

吾が案に利助が興奮した。

「とりあえず、京橋の縄張りを譲らせたら、大きな楔《くさび》を打ちこめる。よっしゃ、善は急げや」

利助が手を叩いた。

「……お呼びで」

目つきの悪い男が顔を出した。

「夜十郎《やじゅうろう》か。ちょうどええ、こっちへ来て街道を見ろ」

「へい」

夜十郎と呼ばれた男が、利助の後ろから街道を見下ろした。

「侍の女房と女中と隠居がおるやろ」

「あの赤子を抱いている女の……」

「そうや。あれを攫《さら》ってこい」

紅を特定した夜十郎に、利助が命じた。

「隠居のじじいも、でやすか」

「あほう、じじいなんぞ金にならんし、攫った後、面倒見るだけでもうっとうしいわ。女二人と赤子だけじゃ」

問うた夜十郎を利助が叱った。

「すんまへん」

「さっさと行け」

詫びた夜十郎を利助が急《せ》かした。

品川の旅籠近江屋には、利助が京から連れてきた連中の他に、品川で他の親方の下にいた者、町奉行所に目を付けられて江戸から出なければならなくなった者などがいた。その数は日に日に増え、すでに利助が使える配下の数は百をこえていた。

「おい、親方の指図じゃ。五人ほどついて来い」

「へい」

「合点《がってん》で」

近江屋の離れでたむろしていた連中が首肯した。

「夜十郎の兄貴、なにをしまんねん」

京から出てきている若い配下が訊いた。

「一丁《ちょう》（約百十メートル）ほど先に、赤子を抱いた武家女が見えるやろ」

「……ああ。勝ち気そうな顔ですが、えらい別嬪《べっぴん》さんでんな」

若い配下が紅を確認した。

「あいつと隣の女中を攫ってこいとのこっちゃ」

「親分も好きでんな」

言われた若い配下が下卑《げび》た笑いを浮かべた。

「好きでも嫌いでもええ。わしらは言われたことをしてればええねん」

夜十郎がたしなめた。

「お前ら、あの隠居じじいは要らん。殺してもええし、ちょっと痛めつけて動けんようにするだけでもええ。ただ、大木戸をこえるまでにすますで。大木戸をこえたら江戸町奉行所が出張ってきよるからな」

急ぐぞと夜十郎が言った。

「おい、行くぞ」

若い配下が手を振った。

「てめえに指図される覚えはねえ」

中年の男が若い配下を睨みつけてから、走り出した。

「京の出だからと大きな顔をするな」

別の無頼が若い配下を小突いてから駆け出した。

「あのやろう」

若い配下が怒りながら、後に続いた。

「ふん。京もん、江戸もん。合うわけないか」

夜十郎が苦笑しながら、無頼たちを追った。

「入江さま」

「ああ」

袖の警告に入江無手斎がうなずいた。

「どうかした」

紅が二人の目配せに気付いた。

「奥方さまは気になさらず」

「紬さまだけをしっかりとお抱きになられて」

入江無手斎と袖が安心させるように力強く言った。

「五人、いや六人かの」

「……はい」

後ろを振り向くことなく、二人は敵の数を感じ取った。

「おぬしが、奥方さまの身辺を守りつつ、援護してくれ」

「手裏剣は五本ございますが」

入江無手斎と袖が手はずを打ち合わせた。

「手裏剣は高いのだろう。儂の壁を通り抜けた者だけ頼む」

「ならば使わずにすみましょう」

端《はな》から二人は迫ってくる無頼を相手にしていなかった。

「念のため周辺の気配を」

指示を出した入江無手斎が、足を止めた。

「お任せを」

うなずいた袖が紅の左側へ身を寄せた。

「こんなところまで敵」

紅が嘆息した。

「敵かどうか」

袖が確定できていないと首を横に振った。

「でなければなんなのよ」

「奥方さまの美貌に目を付けた愚か者が手を出してきたと。ここは江戸ではございませぬ。町奉行所の目の届かない品川でございまする」

治安の質が劣ると袖が述べた。

江戸では吉原以外の遊廓は認められていない。もっともそれではどう考えても需要と供給が釣り合わないので、非公認の岡場所が江戸中にはあった。あまり派手なまねをせず、しっかり町奉行所役人に鼻薬を嗅《か》がせておけば、手入れなど受けずにすむ。とはいえ、御法度には違いないので、町奉行が交代したり、幕府から風紀取締の通達があったりすると町奉行所の役人たちに踏みこまれることになる。

対して品川は違った。品川は東海道最初の宿場という扱いで、江戸には含まれていない。支配は関東郡代《かんとうぐんだい》で、品川代官が実務を担当する。代官所など代官と手代《てだい》という文官しかいないので、万一のときの対応ができない。そのためか顔役や闇の連中が大きな顔で出歩き、品川の宿場を牛耳っていた。

当然、品川宿に遊廓の制限はなかった。一応、宿場町であるため遊女とは言わず、飯盛女《めしもりおんな》と称させて客を取るという体裁を取ることが多いとはいえ、そういった目的で訪れる遊客も絶えない。あまり風紀も治安もよくはなかった。とくに宿場を外れて、高輪の大木戸を通過するまでが要注意であった。

「ちいと待ちな」

走ってきた中年の無頼が、入江無手斎に声をかけた。

「なにかの」

入江無手斎が首をかしげた。

「そこの女二人を渡してもらおうか。そうすれば、爺さんは無事に大木戸をこえられるぜ」

「おもしろいことを言うの」

中年の無頼に入江無手斎が笑った。

「逆らう気かいな。止めとき、爺のためや。残り少ないとはいえ、大事な命やろ。大切に使えば死ぬまで生きられるんやで」

追いついてきた若い無頼が笑った。

「その大切な命を、おぬしは無駄遣いしに来たわけだ」

入江無手斎が哀れみの目で若い無頼を見た。

「死に損ないのくせに」

簡単に挑発された若い無頼が、匕首《あいくち》を抜くなり突っかかってきた。

「……ほれ、無駄遣いだ」

入江無手斎が脇差を鞘《さや》ごと抜き、若い無頼の喉を鐺《こじり》で破った。

「がっ」

苦鳴《くめい》一つで若い無頼が死んだ。

「このくたばりぞこないが」

慌てて中年の無頼が長脇差を手にした。

「口より先に手を出せ」

あきれながら入江無手斎が、中年の無頼へと足を踏みこんだ。

「えっ……」

「ほい」

その素早さに追いつけず唖然としている中年の無頼の首筋を鞘ごとの脇差で打った。

「…………」

首の骨を折られた中年の無頼が声もなく崩れた。

「なんだ、こいつ。手妻《てづま》使いか」

「化けもの爺だ」

あざやかな入江無手斎の手に、残った無頼たちが顔色を変えた。

「落ち着き。二人で爺を抑えろ。その間に女を捕まえればええ。人質にしてしまえば、爺も動けへん」

夜十郎が残った三人の無頼を指揮した。

「よっしゃ」

「いくで」

二人が長脇差を青眼《せいがん》のように構えて、入江無手斎を牽制《けんせい》した。

「頼んだ」

残った一人と夜十郎が、その後ろをすり抜けようとした。

「行かせるわけなかろう」

へっぴり腰で長脇差を上下に揺らしているだけの二人など、入江無手斎にとっては案山子《かかし》ほどの効果もない。

すっと足を捌《さば》いた入江無手斎が、抜けようとした二人の膝を後ろから叩いた。

「ぎゃっ」

「痛てえ、折れた」

二人が膝を抱えて転げ回った。

「兄い」

「…………」

長脇差を持った二人が唖然とした。

「どうする。おまえらも寝るか」

入江無手斎が振り向いて問うた。

「……ひっ」

「と、とと、とんでもない」

二人が首を大きく左右に振った。

「けっこうだ。儂もかかってこぬ者をやるほど戦うのが好きではないのでの」

とうとう白刃を見せることなく終わった脇差を腰に戻して、入江無手斎が紅たちのもとへと急いだ。

「お待たせをいたしましてございまする」

入江無手斎が紅に詫びた。

「いいえ。お師さまのお陰で無事にすみました。ありがとうございます」

紅が頭を下げた。

「これがわたくしめの仕事でござる。ささっ、紬さまに風邪をひかせたりしては大事でございまする。屋敷へ戻りましょう」

「そうですね」

入江無手斎の勧めに紅が同意した。

「……少しお願いできまするか」

紬が小声で入江無手斎に頼んだ。

「わかった。無茶はするなよ」

意図をさとった入江無手斎がうなずいた。

「無茶をするほどの相手でもなかろう」

袖が小さく笑った。

「やりすぎるなという意味なのだがな」

姿を消した袖に入江無手斎が苦笑した。

四

無事に見逃してもらえた二人の無頼は、紅たちの姿が大木戸をこえるのを見てから、倒れている夜十郎たちに近寄った。

「大丈夫でござんすかい、兄い」

「そんなわけあるはずないやろ。見てわからんか、足が折れてるんやぞ。甚助《じんすけ》、さっさと戸板を持って来い」

夜十郎が気遣った無頼に八つ当たりをした。

「へ、へい」

怒鳴りつけられた甚助が近江屋へと走って行った。

「…………」

その後を海からの風よけに植えられている松の木の陰を使いながら、袖がつけていた。

「親方、てえへんだ」

甚助が大声を出しながら、二階への階段を駆けあがった。

「やかましいなあ。うちは旅籠やで。静かにせんとお客はんが来《け》えへんなるやないか。このあほが」

利助が甚助を叱りつけた。

「で、女二人はどこや。裏の蔵にでも押しこめたんか」

失敗するなどと思ってもいない利助が訊いた。

「それが、逃げられました」

「なんやと……」

甚助の答えに、利助が眉を吊り上げた。

「どないなったんや」

「あの爺、まるで天狗《てんぐ》の化身みたいで……」

睨みつけられた甚助が、肩をすくめながら経緯を語った。

「……で、四人は街道にほったらかしか」

「夜十郎の兄いから、戸板を持って迎えにきてくれと」

「あほんだら」

利助が怒鳴った。

「そうでなくても目立つのに、戸板で運べやと。そんなもん、ここに運びこんでみいや。いっぺんで噂になるがな。木屋町の利助は勢いようしてるけど、じつはたいしたことないらしい。配下がやられて戸板で運ばれてたでとなったら、今はおとなしゅうしている連中が騒ぎだすやろう。ちいとは頭を使え」

「へ、へい」

甚助が跳びあがった。

「では、どないしたら」

夜十郎たちのことを甚助が問うた。

「足折られて歩かれへんねんやったら、おんぶしたらんかい。ああ、ここへ連れてきたらあかんぞ。どこで誰が見てるかわからへんからな。そうやな、海辺の網小屋へでも運んどき」

品川の海岸には、漁師が網を保管する掘っ立て小屋がいくつもあった。満ちれば潮に洗われ、風が吹き抜ける。

「よろしいので」

そんなところに怪我人を放りこんでおけば、命にかかわる。

「役立たずには、ふさわしかろうが。さっさと行け」

「…………」

冷酷な利助に、甚助が無言で出ていった。

「しくじったか。藤林の配下を取りこむええ材料になると思うたんやけどな」

一人になった利助がため息を吐いた。

「しゃあないな。ちいと欲かいたわ。どれ、最初の手はず通り、伊賀者にあの侍が江戸を離れたことだけ教えとこうか。後は、その状況次第でどう動くか考えよ。おい、駕籠《かご》を呼んでんか」

利助が腰をあげた。

「…………」

その遣り取りを袖は二階の天井裏で聞いていた。

「玄馬さまに報せねばならぬか……」

袖が悩んだ。

伊賀者というのは、卑怯未練を性分としている。勝つためならばどのような手立てでも取れる。涙を流して命乞いをし、相手が武器を下ろした瞬間を襲うくらいましなほうで、毒や罠《わな》を仕掛けるなど当たり前であった。そのお陰で伊賀者は、数万という軍勢を率いて攻めてきた織田信長を撃退できたのだ。もっとも最後は裏切り者が出て、伊賀国は蹂躙《じゅうりん》されたが、それでも伊賀忍は逃げ延びて今に続いている。勝てないと思えば、あっさりと逃げ出すことができるのも忍ゆえである。武士のように、名を上げて出世するのとは根本が違う。

「いかに一放流小太刀の創始を認められたとはいえ……」

袖が不安そうな顔をした。

伊賀の郷忍の出である袖は、忍者の恐ろしさをよく知っている。だけに不安になるのも無理はなかった。

「しかし、奥方さまの身を守れと言われている」

一度は聡四郎と大宮玄馬の命を狙った袖だったが、傷を負ったところを助けられ、今は紅の警固を任されるほどの信用を得ている。

いや、献身的に介護してくれた大宮玄馬にほだされて、慕情を抱くに至っていた。

「まだお屋敷には帰っておられまい」

水城家は水戸家上屋敷に近い本郷御弓町《ほんごうおゆみちょう》にあった。

品川からだとかなり距離があり、赤子を抱いている紅の足では、相当かかる。

「……入江翁に相談するしかないか」

袖はこの場から大宮玄馬を追うのをあきらめた。

利助を乗せたであろう駕籠を追い抜いて、袖は紅と入江無手斎と合流した。

「入江さま」

袖が小声で囁《ささや》いた。

「今は待て。奥方さまをお屋敷に無事お連れしてからじゃ」

入江無手斎が焦りを含んだ顔の袖を抑えた。

「……はい」

正論である。袖が引いた。

「なにかあったの」

目敏《めざと》い紅が二人の様子に気付いた。

「まずはお屋敷へ戻られますよう」

入江無手斎が紅にも我慢を求めた。

「話してくれるならば、待ちます」

紅も聡四郎の師である入江無手斎に対してはおとなしい。

「ううう」

紬がぐずり始めた。

「やはり御駕籠を」

袖が気遣った。

「駕籠はだめ。紬が酔ってしまうから」

紅が首を左右に振った。

駕籠は前後を二人で担ぐ。どうしても体格や力、歩幅の違いから揺れた。

「袖さんも覚えておかないと。赤子は酔って吐いたら、喉を詰めてしまうことが多いの。だからこうやって抱いているほうがいいのよ。抱いていれば、すぐに異変に気付けるし、対応できるからね。駕籠に乗ってしまうと、あたしは楽だけど、なにかあったときに駕籠を止めてもらうという手間がかかるから」

歩いている理由を紅が袖に伝えた。

「浅慮《せんりょ》でございました」

袖が詫びた。

「そなたならば、赤子を背負ったままで塀くらい跳びこえそうだがの」

入江無手斎が冗談めかして言った。

「そこまで乱暴ではございませぬ」

反論しかけた袖の勢いが落ちた。

「それに、殿のお命を狙ったわたくしが子を持つなどという幸せを……」

「なにを言ってるの」

紅が柳眉《りゅうび》を逆立てた。

「あなたの罪はそのていどで許されるものではないわ」

氷のような目で紅が袖を睨んだ。

「それは重々承知いたしております」

袖がうつむいた。

「あなたが死ねば終わりじゃないの。末代まで尽くしてもらうから。まずは、この子の守りとなるものを作りなさい。一緒に育ち、一緒に学んでいく子を」

「奥方さまも回りくどいことをなさる」

聞いていた入江無手斎があきれた。

「えっ」

声の調子まで柔らかくした紅に、袖が啞然とした。

「それでよく、あの朴念仁《ぼくねんじん》を絵に描いたような殿を落とせましたな。直截《ちょくせつ》に言ってもわからぬくらい、男女のことには疎《うと》かったはずでござる」

「あのときは素直になりましたもの」

紅が頰を染めた。

「あの……」

一人蚊帳《かや》の外におかれた袖が戸惑った。

「悩め。一生は長い。答えを性急に求めずとも、いずれ自《おの》ずからわかる日が来る」

入江無手斎が袖に告げた。

利助を乗せた駕籠は、藤川義右衛門たちが拠点としているしもた屋の手前、路地の角で止まった。

「垂れもあげんでええ。このままじゃ」

駕籠のなかから利助が命じた。

「へい」

客待ちの駕籠というのは、そこそこあった。

乗ってくれる客を探す駕籠の場合は、道行く人に「へい、駕籠」「駕籠はいかがで」などと声をかけるが、どこかへ立ち寄っている客の帰り待ちだと黙っている。道行く人はそれで駕籠が空《から》かどうかを判断した。

「…………」

町駕籠は戸を閉じることが禁じられている。これは駕籠に乗ること自体が、乗輿《じょうよ》と呼ばれる身分になるため、庶民には認められていなかった名残《なごり》であった。ゆえに町駕籠は、風除け、雨除けという名前の垂れで、なかに誰がいるかわからないようにしていた。

もっとも垂れなんぞ、いい加減なものである。なかからだと隙間が前後と下にあり、外の様子は簡単に見て取れた。

「親方、ちいと喉が渇きやしたんで、外しちゃいけませんかね」

小半刻ほどで駕籠かきが待つのに飽きて、酒を飲ませろと要求した。

「ぼけたこと言いな。見張りをしてるんや、周りに溶けこまなあかんやろうが。そんなときに駕籠かきがおらんと駕籠だけ放り出してあったら、人の目を惹《ひ》くやないか。黙って待っとき」

利助が駕籠かきを叱りつけた。

「言われてもなあ、後棒《あとぼう》」

「そうやなあ、前棒《さきぼう》」

二人の駕籠かきが顔を見合わせて不満を表明した。

「気に入らんか。そうか、そうか。こんな爺の言うことはきけんか」

駕籠のなかで利助が笑った。

「ほな、どこでも行き。その代わり、二度と品川には足を入れさせへんで。この木屋町の利助を軽く扱ったんや。それくらいの覚悟はあるやろ」

利助の声が凄《すご》みを帯びた。

「ひっ」

「…………」

前棒と後棒の駕籠かき二人が震えた。

品川の駕籠かきの多くは、江戸の者より質《たち》が悪い。雲助《くもすけ》とまではいかなくとも、一人旅の女くらい泣かせてきている。喧嘩沙汰で一人くらいは殺していそうな連中だけに、利助の雰囲気に身の危険を感じた。

「ご、ごかんべんを……」

「すいやせん、すいやせん」

駕籠かき二人が何度も頭を下げた。

がらの悪そうな駕籠かきが垂れの上がっていない駕籠に謝っている。他人の目を集めるに等しい。

「黙って立っとけ」

利助が怒鳴った。

「…………」

駕籠かきが黙った。

「あの顔、見たことあるで……やっぱりそうや。藤林と一緒に顔出したやつや」

さらに小半刻《こはんとき》（約三十分）ほどして、利助がようやく目当ての男を見つけた。

「顔役の家に多くの者が出入りする。これが普通や。こんだけの数を従えていると見せつけて、周囲を威圧するんやが、あいつのところは人が少ないさかいな。さて、他に知ってる顔もなし。どうやら、一人やな。まあ、人手がないうちに藤林のところを割ってまわなあかんので、ちょうどええわ」

利助がほくそ笑んだ。

「こっちや、こっち」

垂れを少しあげて利助が伊賀者に呼びかけた。

「……品川の親方」

伊賀者がすぐに気づいた。

「大事な話があんねん。ちょっと付いておいで。おい、駕籠を出せ。そこの路地まで行け」

他人目のないところへと利助が命じた。

第四章　街道の風景

一

江戸を出た聡四郎は、まず新たに雇い入れた二人の足の強さを試した。

「少し本気で歩くぞ」

聡四郎は武芸者としての歩みになった。

「…………」

無言で大宮玄馬が合わせた。

「わっ」

「速い」

荷物を肩に担いだ猪太と傘助が驚いた。

「足には自信が……」

猪太が大股で追ってきた。

「なんの」

傘助も半分走るようにしながら付いてきた。だが、無理は続かなかった。まず、傘助が一里《り》（約四キロメートル）ほどで音《ね》を上げた。

「もう、だめだ」

傘助が立ち止まって、両手を膝に当てて大きく息を吐いた。

「ふむ。猪太、そなたはあとどれくらい保つ」

聡四郎が問うた。

「保って半刻（約一時間）でございまする」

荒い息を抑えながら、猪太が答えた。

「思ったよりやるな」

「はい」

顔を向けられた大宮玄馬が首肯した。

「殿さまがたは、天狗じゃござんせんか」

傘助があきれていた。

「剣術遣いは、皆これくらいはしてのけるぞ」

聡四郎が笑った。

「さて、あそこの茶屋で少し休もう。そなたたちの速さもわかったことだしな」

少し向こうに見えている茶屋を聡四郎は指さした。

旅でたいせつなことの一つに、無理をしないというのがあった。

あと少し足を速めれば、日があるうちにもう一つ先の宿場まで行ける。夜通し歩けば、一夜の旅籠代が浮く。次の茶店まで休息は我慢しよう。

どれもやりそうなことだ。

しかし、どれも体力を大きく消耗する。足への負担は怪我のもとだし、見通しの悪い夜道を行くのは崖から落ちたり、道に出ている木の根っこに引っかかったり、などの事故を起こしやすい。宿場町なら次までどのくらい離れているかわかるが、茶店はどこにあるか、開いているかわからないのだ。一カ所飛ばしたために、かなり歩かなければならなくなることもあり、水の補給はできるときにやっておかなければ、命取りになる。

とくに旅の最初が肝心であった。

最初は旅に飽きていない。目新しい風景に興奮もする。そしてなにより疲れていない。つい、まだいけると足を延ばしてしまう。そうすれば、旅籠での休憩が短くなり、疲れが取りきれないうちに翌朝の出立《しゅったつ》となってしまう。

無理はいつかかならず祟《たた》る。どこからが無理になるか、それを知っておくのも主君として心得ておかなければならないことであった。

「今日はここまでにしよう」

「では、本陣の様子を見て参りまする」

藤沢《ふじさわ》の宿泊まりと決めた聡四郎に、大宮玄馬が駆け出した。

道中奉行副役としての道中は公用であり、本陣あるいは脇本陣を使える。しかし、目的が目的だけに、あらかじめの通達ができず、空いていれば泊まるという形であった。

「……あいにく、本陣には岡山《おかやま》藩の家老一行がすでに」

戻って来た大宮玄馬が申しわけなさそうに告げた。

岡山藩池田《いけだ》家は外様でありながら、徳川家康の娘を継室《けいしつ》に迎えた関係もあり、格別の扱いを受けている。その池田家の家老ともなれば数千石の禄を誇っており、旅をするにおいては行列を仕立てる。とはいえ、陪臣には違いない。公用を盾に聡四郎が本陣の明け渡しを求めれば、従うしかない。

「押しのけるのもなんだしな」

すでに行列が本陣に入って旅装を解いているのだ。それを動かすとなれば大騒動になるうえ、本陣が行列の人数に合わせて用意していた食材とか夜具などが無駄になる。

「かといって、脇本陣に入るわけにもいかぬ」

本陣と脇本陣では、格が違った。公用の幕府役人が陪臣より格下の脇本陣へ入るわけにはいかなかった。聡四郎は気にしなくても、幕府役人に知られると問題とされる。

「ただの旅として、旅籠に入るとしよう」

これが長崎《ながさき》奉行としての赴任だとか、京都所司代への使者だとかであれば、無理からでも岡山藩の家老を押しのけなければならない。幕府の面目にかかわるからだ。

しかし、道中奉行副役は新設でなにをしているかは、誰もわかっていない。

「街道の状況を知るためには、身分を隠さねばならぬときもある」

聡四郎がこう言えば否定されることはない。公用として脇本陣に入れば、後々足を引っ張られることになるが、旅籠ならば隠密行だという言いわけが効いた。

「では、旅籠を探して参りましょう」

猪太が駆けていった。


旅籠に草鞋《わらじ》を脱いだ聡四郎は、同室の大宮玄馬と二人夕餉の膳を囲んでいた。小者の猪太と傘助は別室で過ごす。これも武家として当然の形であった。もっとも主君と同室では、小者たちが休まらない。多少部屋が狭かろうが、夕餉のおかずが一品少なかろうが、奉公人としては別室が気楽であった。

「明日には小田原に入れるな」

「行けましょう」

藤沢から小田原城下まででは、おおよそ八里半（約三十四キロメートル）ほどだ。男の足ならば、二刻半（約五時間）ほどで行けた。

「師よりいただいた名簿のなかに、小田原の道場があったな」

「ございました」

食べ終わった膳を脇へ除けて、大宮玄馬が懐から書付《かきつけ》を出した。

「一尖流《いっせんりゅう》阿川《あがわ》道場……一尖流とは聞かぬ名だな」

書付を受け取った聡四郎が首をかしげた。

「わたくしも初めて耳にいたしました」

大宮玄馬も知らないと首を振った。

「当然だな。他流試合を禁じられてはいなかったが、道場破りを旗本がするわけにはいかぬ」

聡四郎は旗本、大宮玄馬は御家人の出、どちらも幕府の家臣としての行動をしなければならなかった。

将軍のために命をかけるのが旗本や御家人の本分である。その旗本や御家人が武者修行という名目とはいえ他流試合をし、怪我をするわけにはいかない。剣術の試合は危険と隣り合わせなのだ。流派の名誉がかかった他流試合ともなれば命がけになるし、終わったあとも遺恨が残った。

「天下は広いな」

「はい。師が認められるほどのお方が、これほど天下にはおられる」

感心する聡四郎に、大宮玄馬も同意した。

「どのような技を遣われるのか、今から楽しみである」

「まことに」

聡四郎と大宮玄馬がうなずきあった。

松葉《まつば》たち伊賀の郷忍は、品川の顔役となった利助から、聡四郎たちが江戸を離れたことを知らされた。

「どうする」

「…………」

松葉の問いに、鬼次郎《きじろう》、半助《はんすけ》、室生《むろう》、笹助《ささすけ》の四人が顔を見合わせた。

「全員が抜けるわけにはいかぬぞ」

笹助が呟くように言った。

「掟ぞ。仲間を殺した者を生かしておくわけにはいかぬ。全員が一丸となっても、水城と従者を討たねばならぬ」

松葉が笹助に嚙みついた。

「討った後どうする。伊賀へ帰るのか」

笹助が松葉に問うた。

「また伊賀で、喰うには足りぬ田畑を耕し、いつ来るかわからぬ忍仕事を待って空腹を抱える毎日に戻ると」

「……それは」

問われた松葉が詰まった。

「おぬしらわかっているのか。今、水城を追えば、お頭は許してくれぬぞ。もう、江戸へ戻って来ることはできぬ」

「そんなことはない」

笹助の言葉に、室生が反論を始めた。

「お頭は我らを捨てられぬ。なぜなら、手が足りぬからだ。今、我らを失えば、江戸の闇を支配することなどできぬ。多少の罰はあるだろうが、かならず受け入れられる」

「それは甘いぞ、室生」

論を口にした室生に笹助が首を横に振った。

「お頭は厳しいお方だ。裏切りは許されぬ。手が足りないのは確かだろうが、規律を緩めては、後々引き締めがきかなくなる。きっと容赦ない処断が下るぞ」

「むう……」

わずかの期間とはいえ、藤川義右衛門のもとで働いたのだ。藤川義右衛門の峻《しゅん》烈《れつ》さは、誰もが知るところであった。

「しかし、掟は掟ぞ。掟を守ればこそ、伊賀の郷忍だ」

松葉が己を奮起した。

「伊賀の郷忍では喰えぬから、ここにいるのであろうが」

笹助が松葉を見た。

「…………」

「うむう」

鬼次郎と半助が戸惑った。

「掟を果たさぬ者など、伊賀の郷忍ではない」

松葉が笹助を睨みつけた。

「吾はもう伊賀の郷忍ではない。江戸の闇の住人だ」

笹助が言い返した。

「裏切り者が……鬼次郎、室生、半助、行くぞ」

「…………」

松葉が笹助から目を離した。

「どうした、鬼次郎。まさか、きさまも」

動こうとしない鬼次郎に、松葉の眉がつり上がった。

「なあ、今更掟でもなかろう。もう、我らは伊賀の郷忍ではない」

鬼次郎が、松葉ではなく半助たちに語りかけた。

「なにを言うか。我らは死ぬまで、いや、死んでも伊賀の郷忍だ」

松葉が大声で否定した。

「その伊賀の郷を捨てたのだぞ、我らは」

笹助が鬼次郎に味方した。

「なにを言うか。我らは掟を果たし、仲間の仇《かたき》を討つために江戸へ出てきたのだぞ」

「その仇を護衛してか」

違うと言った松葉に、半助が返した。

「うっ……」

松葉は返答できなかった。

京から江戸への帰途を藤川義右衛門に狙われた聡四郎は、わざと伊賀の郷忍を警固に雇った。伊賀者が雇われている間は決して寝返らないという矜持を利用したのだ。

「掟が絶対ならば、雇われなければよい。そうだろう」

「…………」

念を押された松葉が黙った。

「金をもらった限りは裏切らない。聞こえはいい。だが、それは金に屈した以外のなにものでもなかろうが」

「たしかに」

鬼次郎がうなずいた。

「まあ、それも伊賀の忍という者の処世術だというならば、認めよう」

「そうだ。乱世、昨日の敵に雇われることなど当たり前だった」

しかたないことだと告げた半助に、松葉が喰い付いた。

「今は乱世ではない。泰平だぞ。百年以上前、おまえは生まれてもいまい」

笹助が鼻で笑った。

「忍も生きていかねばならぬ。他人より苦労して身につけた技を持つのだ。なぜ、よい生活をしてはならぬのだ。忍は贅沢をしてはいかぬのか」

「忍は耐える者だ」

半助の問いに、松葉が首を横に振った。

「ならば、忍を辞める」

「抜ける気か」

宣した半助に、松葉が顔色を変えた。

伊賀の掟でもっとも重いのが、忍を辞めることであった。一族郎党が結束しなければ、生きていけなかっただけに、逃げだそうとした者への対応は厳しい。どこまでも追い詰めてかならず討ち果たした。

「抜ける……ふん。もう、我らは江戸の無頼であろうが。縄張りを奪い、賭場と岡場所を支配下に置き、その上がりをかすめる。これが忍の仕事か」

半助が自嘲《じちよう》した。

「もう、とっくに我らは伊賀の郷忍としての矜持を失っていたのよ」

「違う。それは違うぞ。今の姿は仮じゃ。忍でいう放下《ほうか》」

放下とは、変装のことだ。忍は僧侶になったり、武家を装ったりして敵地に侵入した。

「ならば訊くが、なぜ今まで水城を襲わなかった。我らが江戸に出てきて、一年に近い。だが、一度も水城を狙いすらしなかった。ただ、ひたすらお頭の指示に従って、無頼の親玉の命を奪った。これは、伊賀の郷忍の掟に反している」

「……それは、江戸で旗本を襲うとなにかと……」

痛いところを突かれた松葉が勢いを失った。

「だから、江戸を出たときこそ好機か」

笹助が口の端を吊り上げた。

「ええい、口先ではどうでも言える。忍は不言実行ぞ。行くぞ、皆」

追い詰められた松葉が、背を向けた。

「行かぬ」

鬼次郎が拒んだ。

「なんだと」

松葉が目を剝いた。

「ようやく江戸で生きていく自信ができた。金ももらえる。もう少しで、郷に残した親と弟を呼んでこられる」

「親が泣くぞ」

拒んだ鬼次郎を松葉が説得した。

「すまん」

鬼次郎が頭を下げた。

「ちぃい、肚《はら》のない奴が……」

舌打ちした松葉が残った一人の室生に顔を向けた。

「吾は行くぞ。水城に殺された孝《こう》は許嫁《いいなずけ》だったのだ」

深川八幡宮へ参拝した竹姫を襲って、聡四郎に討たれた女忍の復讐だと室生が述べた。

「よし」

松葉と室生が去って行った。

「……どうする笹助」

「なにがだ」

半助に声をかけられた笹助が怪訝な顔をした。

「お頭に報告するかどうかだ」

「する。隠すわけにはいかぬし、いなくなったことをいつまでもごまかせまい」

笹助が答えた。

「おいっ」

鬼次郎が笹助に迫った。

「さて、縄張りの見廻りに出ねばならぬぞ。そろそろ深川か浅草から手出しをされてもおかしくはない」

「そうだな。まだ手下にして間もない連中も多い。あいつらが裏切らないかどうかを見張らねばならぬ」

笹助に半助が首肯した。

「我らが見廻りに行っている間に二人が消えたとなれば、気付くのが遅れてもしかたあるまい。報告は今夜ということでいいな」

「ああ」

同意を求められた鬼次郎が首を縦に振った。

「半日あれば、六郷川をこえられるだろう。そこまで行けば、人手のない我らだ。追っ手を出す余裕はない」

少しの手助けを笹助はすると言った。

二

小田原は老中を輩出する譜代名門大久保《おおくぼ》家の城下町である。かつては関東二百万石を支配した北条《ほうじょう》家の城下町として発展し、今でも東海道一の難所箱根峠を控えた旅人がその上り下りで利用する宿場町として栄えていた。

「本陣は避けよう。小田原は人が多く、目立ちすぎる。公用で来ていながら、町道場に寄るのは、外聞が悪い」

最初から聡四郎は、旅籠を選んだ。

「へい」

またも猪太が走って行った。

「道場の場所を問うて参りましょうか」

「旅籠で訊けばわかろう。訪れる前にあるていど評判も知りたい」

大宮玄馬の申し出を、聡四郎は止めた。

「差し出たことをいたしました」

「いや、気遣いをうれしく思う」

浅慮だったと詫びた大宮玄馬を聡四郎は慰めた。

「お部屋が取れましてございまする」

そこへ猪太が戻って来た。

「ご苦労である」

猪太をねぎらって、聡四郎は旅籠へと向かった。

「ようこそお出でくださいました。当家の主、箱根屋幾衛門《いくえもん》でございまする。行き届きませぬが、なんなりとお申し付けくださいませ」

旗本だと身分を明かしたおかげで、聡四郎たちは二階の奥、街道筋を見下ろせる最上級の座敷へと通された。二の間の他にちょっとした納戸《なんど》まで付いている。奥の間に聡四郎、二の間に大宮玄馬、納戸に猪太と傘助が泊まれ、なにか用事を言いつけるにも便利であった。

「今日、明日と二日世話になる」

聡四郎が挨拶をする主に鷹揚に応じた。

「主、一つ教えてもらいたいのだが」

「なんでございましょう」

「城下で剣術の阿川道場というのを知っておるか」

小首をかしげた箱根屋幾衛門に聡四郎は尋ねた。

「阿川道場さまでございますか……はて」

箱根屋幾衛門が困った顔をした。

「一尖流とかいう、珍しい流派なのだが」

聡四郎は付け加えた。

「ひょっとすると……」

思いあたったと箱根屋幾衛門が聡四郎を見た。

「かなり歳老いた道場主のところかも知れませぬ。みょうな名前で思いつくのはそこしか」

「どこにあるか、存じおるか」

「はい。城下の外れ、箱根の登山道へ至る手前に、古びた百姓家《ひゃくしょうや》がございまする。そこで村の若者たちに剣術を教えているのが、そうではないかと。のちほど店の者に確認いたしておきまする」

箱根屋幾衛門が告げた。

「すまぬ。頼む」

聡四郎は頭を下げず、口だけで礼を述べた。

少し前までならば、頭を垂れても問題にはならなかった。だが、道中奉行副役は街道にかかわるすべてを見る。そのなかには、本陣、脇本陣、旅籠などの宿泊場所や、茶店などの休憩場所も含まれた。

管轄すべき相手に、低く出る。これは役目の権威からも許されなかった。今は、道中奉行副役と名乗ってはいないので問題ないように見えるが、後日発覚したとき、なにかとうるさくなるかも知れなかった。

「まだ日が高いな。少し役目らしいまねをするか。猪太と傘助は部屋で待て」

聡四郎は大宮玄馬だけを連れて、旅籠を出た。

東海道は海沿いにあり、町屋のなかを貫いている。その町屋町には百軒をこえる旅籠が並んでいる。

「戦国の雄、北条氏の築きあげた惣曲輪《そうぐるわ》の面影はないが、それでも立派なお城だな」

聡四郎たちが宿にした箱根屋は、東海道が城下に入ってまもなくのところにある。そこから東海道を西へ進めば、右手に小田原城の勇姿が見える。

小田原は十一万三千百二十九石と、譜代大名のなかでは彦根《ひこね》三十万石の井伊《いい》氏、姫路《ひめじ》十五万石の榊原《さかきばら》氏、前橋《まえばし》十五万石の酒井《さかい》氏らに次ぐ大封《たいほう》を誇り、歴代の当主は幕府の要職を歴任する名門であった。

「元禄《げんろく》の大地震で大被害を受けたと聞きましたが、その様子はまったくございませぬ」

大宮玄馬も辺りを見回した。

急ぎ京へ向かわねばならぬとの目的があったときは、周囲を見ていない。道中奉行副役となった今回とは、まったく違っている。

元禄の大地震とは、五代将軍綱吉《つなよし》の御世、元禄十六年（一七〇三）十一月二十三日深夜に関東を襲った天災であった。

江戸城の門、大名屋敷、町屋などの倒壊による死者は出たが、幸い江戸での被害はさほどではなかった。

対して小田原は悲惨であった。

小田原は地震直後に火災が発生、天守閣まで焼失するほどの大火となった。倒壊した建物は八千に及び、死者も二千三百人を数えた。

「十年少しで、これだけ復興させてみせるとは、大久保さまの手腕、お見事としか言えぬの」

聡四郎も感心した。

「ここを右に曲がるとお城へ向かうようでございますな。門が見えまする」

町屋のなかほどで大宮玄馬が足を止めた。

「城は少し高台にあるようだ。山裾《やますそ》か、丘を削って本丸を造っているようだ」

聡四郎も右を覗きこんだ。

わずか一丁（約百十メートル）ほどで城の門が見えた。

「行ってみまするか」

「……いや、やめておこう。大目付や巡検使ではない。大久保家に要らぬ疑念を持たれても面倒だ」

聡四郎が首を横に振った。

小田原大久保家の当主加賀守忠方《かがのかみただまさ》は、正徳《しょうとく》三年（一七一三）に老中であった父加賀守忠増《ただます》の死を受けて遺領を継いだ。まだ、藩主になって五年ほどということもあり、幕府での役職には就いていない。しかし、父も祖父も老中を経験しているだけに、その影響力は大きい。要らぬ軋轢《あつれき》を起こしては、吉宗の足を引っ張ることになる。

「街道は手入れが行き届いているな」

「はい」

二人の足は速い。周りを確認しながらとはいえ、小半刻と少しで宿場を抜けた。

「まだ、かなり日はあるな。せっかくだ、阿川道場の様子を見てみよう」

「それがよろしいかと」

主従二人とも剣術好きである。聡四郎の言葉に、大宮玄馬が喜んで賛成した。

「城下を出て、少し行った街道沿いの百姓家だと言ったな」

た。

「そのように箱根屋幾衛門が申しておりました」

確認をしながら街道を進んでいた二人の耳に、聞き慣れた気合い声が聞こえてきた。

「どうやら、当たっていたようだ」

「あそこのようでございまする」

二人は街道に面した庭で木刀を振っている弟子たちを見つけた。

「……身形《みなり》から見ると、町人のようだな」

「はい。稽古している者は皆、そのように見えまする」

足を止めた聡四郎と大宮玄馬は稽古を見物した。

「町人は一日の作業を終えねば、剣術の稽古などしておられませぬ」

「なるほどの。ゆえに夕刻の稽古か」

大宮玄馬の説明に、聡四郎はうなずいた。

武士などは朝のうちに道場へ行く。もっとも役目などに就いている者は別だが、基本、武士というのはいざというとき以外、することがない。いや、するべきは武芸の稽古である。戦場で敵を倒すために槍《やり》、剣、弓を習うのは、武士としての義務であった。

もっとも泰平の世では、武芸の稽古など無意味だとも言えるが、表向きはしなければならないものであった。

しなければならないものは、早く終わらせるのがいい。午前中に稽古をすませれば、昼からはなにをしてもいいのだ。

また、昼からになると町人たちが稽古に来る。

「町人などと共に稽古はできぬ」

「遊びの剣に付き合うなど、とんでもない」

武家としての矜持もある。

一緒に稽古して、町人に負けるようなまねはできない。それこそ、道場にいられなくなるほどの恥になる。

結果、武士は午前中、町人は昼を過ぎてからという習慣ができた。

「……やああ」

防具などなにも身につけていない町人が、木刀を振り回している。それを見た聡四郎が感心した。

「腰が据わっておる」

「なかなかでございまする」

大宮玄馬も同じ意見であった。

「旅のお武家かの」

背中から声がかかった。

「なっ」

「いつの間に」

いかに稽古に意識が行っていたとはいえ、背後に近づかれるまで気付かないのは異常であった。

「殿……」

すばやく大宮玄馬が、聡四郎をかばった。

「玄馬、落ち着け」

聡四郎が大宮玄馬を制した。

「無手だ、相手は」

振り返って相手を見た聡四郎は、声をかけてきた老人が手になにも持っていないことに気付いた。

「……あっ」

脇差の柄《つか》に手をかけて、臨戦態勢を取っていた大宮玄馬が目を剝いた。

「殺気もなかった」

声に剣呑《けんのん》な雰囲気もないと聡四郎が付け加えた。

「従者が申しわけないまねをいたしました」

聡四郎が詫びた。

「…………」

主が頭を下げた。この場合、従者は口を挟むべきではなく、大宮玄馬は無言で頭を垂れた。

「いやいや、こちらこそ、無礼なまねをいたしましたな」

老人がていねいに腰を折った。

「失礼ながら、阿川先生でいらっしゃいますか」

聡四郎だけならまだしも、一流を立てることを許された大宮玄馬にさえ悟られず、背後を取るほどの名人が、そうそういてはたまったものではない。

確信を持って、聡四郎は問うた。

「年寄りの名前をご存じでございましたか。いかにも阿川一竿《いっかん》でございまする」

老人が首を縦に振った。

「名乗りが遅れましてございまする。拙者、旗本水城聡四郎。これなるは家士の大宮玄馬、ともに入江無手斎の弟子でござる」

本来ならば問う前に名乗っておくべきである。一礼してから、聡四郎は身分を明かした。

「入江……おう、懐かしい名を聞きました。無手斎どのは健勝でござろうか」

阿川一竿が目を大きくした。

「はい。健勝でおりまする」

聡四郎が告げた。

「立ち話もございませぬ。よろしければ、陋屋《ろうおく》で白湯《さゆ》でも」

「遠慮なく」

ゆっくりと話をしようと阿川一竿が誘い、聡四郎が喜んで受けた。

「悪いの、客じゃ。稽古はここまでとする。どうぞ、こちらへ」

阿川一竿が弟子たちを帰し、聡四郎と大宮玄馬を屋内へと案内した。

「ご覧の通りの貧乏道場でございまする。なんのおもてなしもできませぬが」

百姓家に落ち着いた阿川一竿が、聡四郎たちに白湯を勧めた。

「いや、いささか歩きましたので、何よりの馳走《ちそう》でございまする」

聡四郎が、白湯を口に含んだ。

「まずは、本日は前触れもなく、訪問いたしましたことをお許しいただきますよう」

「いやいや、儂一人じゃ。いつなんどきお見えいただいてもけっこうで」

ていねいに謝罪した聡四郎に、阿川一竿が手を振った。

「さて、お二人は無手斎どののご門下だとか」

阿川一竿が尋ねてきた。

「はい。わたくしと大宮玄馬は……」

入門してからのことを聡四郎が話した。

「ほう、兄弟弟子で、後にご家中に」

聞き終えた阿川一竿が感心した。

「無手斎どのは、今でも道場を」

「いえ、阿川先生は、浅山鬼伝斎という男をご存じでしょうや」

阿川一竿の質問に、聡四郎が確認した。

「浅山鬼伝斎……十分に存じております。まさに剣鬼と申すべき男でありました。あやつはたしか、無手斎どのを宿敵として狙っていたかと」

「さようでございまする。二年近く前のことでございますが……」

聡四郎は入江無手斎と浅山鬼伝斎の因縁を語った。

「………………」

勝ちはしたが、入江無手斎も右手の力を失ったことに、阿川一竿が悲壮な顔をした。

「では、無手斎どのは道場を」

「閉めましてございまする。今は、当家にお出でを願っておりまする」

「それは、それは。師のお世話をなさるとは、弟子としてご立派なことでござる」

現況を告げた聡四郎を、阿川一竿が褒めた。

「ところで阿川先生と師のご関係はどのような」

今度は聡四郎が訊いた。

「無手斎どのが、回国修行をしておられたときに、ここへ立ち寄られてな。あれだけの腕じゃ。しばし、ともに研鑽《けんさん》を積んでな。半年ほどお付き合いをいただいた。その後も数度訪ねて来てくださってな。まあ、剣友でござる」

簡潔に阿川一竿が、入江無手斎とのことを述べた。

「さようでございましたか。随分遅くまでお邪魔をいたしましてござる。本日はこれで失礼をいたしましょう」

「よろしければ、夕餉を」

阿川一竿がもう少し話をしていかないかと言った。

「いえ、旅籠に小者を残しておりますれば、今日はこれで失礼をいたしまする。もう一日、小田原に滞在いたしますので、明日、またお邪魔をいたしたく」

「おう、おう。明日も来て下さるか。いや、ありがたし」

話し足りないと思っていた阿川一竿が喜んだ。

「一つ、お願いがございまする」

「できることならば、なんでも仰せくだされ」

聡四郎の頼みに、阿川一竿が促した。

「一手ご教示をいただきたく」

「よろしゅうございますぞ。無手斎どののお弟子ならば、吾が弟子も同じでござる」

こころよく阿川一竿が引き受けた。

「かたじけのうござる。では、明日を楽しみにいたしておりまする」

「こちらこそ、お待ちいたしております」

聡四郎と阿川一竿が明日を約束した。

三

江戸を出た松葉と室生は目立つことも気にせず、街道を駆けた。

忍が本気になれば、一刻で四里（約十六キロメートル）の速度で一日中走れた。

「水城に遅れること一夜、半日ほどだろう。水城たちが一刻で二里半（約十キロメートル）、一日四刻として、今ごろ小田原城下だろう」

「だろうな」

松葉の推測を室生は認めた。

「それ以上は進んでおるまい」

「ああ、箱根に夜旅をかけるなんぞ、凶状《きょうじょう》持ちか、忍くらいだ」

室生が首を横に振った。

凶状持ちとは、人を殺して手配を受けている者のことだ。捕まれば死罪と決まっているので、街道を動くときは他人目につかないよう、夜中が多かった。

「今日中に小田原まで行ければ、明日、箱根で戦いを挑める。峠のなかは忍の縄張りだ。足場の悪い峠道では剣術遣いの利は消える」

「罠も仕掛けたいな」

松葉の言葉に室生が加えた。

「とにかく、急ぐぞ」

「ああ」

二人は足を止めなかった。


翌朝、聡四郎と大宮玄馬は朝餉をすますなり、阿川一竿のもとへ向かった。

「おはようございまする」

「お早いことでござる」

顔を出した聡四郎を、阿川一竿が歓迎した。

「弟子の何人かが、見学をいたしたいと申しております。よろしいか」

阿川一竿が、道場の片隅に座っている弟子たちを見た。

「皆、大久保家の臣でございまする」

「剣術を学ぶ者として、当然のことでございまする。どうぞ、ご遠慮なく」

聡四郎は見学を許した。

「阿川先生、一尖流というのはどのような」

稽古試合を始める前に、聡四郎は一尖流について問うた。

「あははは、ご存じないのも当然でござるな。一尖流は、吾が師匠が編み出したものので、まだ二代しか経っておりませぬ。知っている者もそうはおりませぬ」

阿川一竿が笑って、説明した。

「一尖流は、当地小田原の出の石田《いしだ》一尖が編み出したものでございまする。石田一尖は、槍の高田流《たかだりゅう》を学んでおりましたが、この泰平の世では槍をたえず持って歩くわけにはいかないことに悩み、護身のために剣術を身につけようと考えましてござる」

「たしかに槍はなかなか面倒でございますな」

聡四郎も槍を押し立てるだけの格を持っているが、日頃は持って歩くこともなかった。

「間合いの遠い槍は、剣に対し、かなり優位なものでございますが、人通りの多いところに持ち出せば、どのような事故が起こるかもわかりませぬ」

槍の穂先には抜き身を隠すための被《かぶ》せを付けるが、刀と違い、かなり取るのが手間であった。なにせ被せが遠く、咄嗟に手が届かないのだ。それでは、いざというとき後れを取る。それを防ぐために、槍の被せは槍を少し振るだけで外れるようになっている。

これが泰平では問題であった。

町中、人中でも、少しのことで袚せが取れてしまい、抜き身が出てしまうのだ。鯉口《こいぐち》でしっかりと止められている刀に比して、槍は少しのことで事故を起こしてしまう。

乱世では、法度よりも力が勝つ。しかし、泰平は法度を守ることで維持されている。いかに武士といえども、理由なく庶民を傷つけたら咎められた。

事実、江戸でも槍を立てることを許された身分でありながら、外出に持っていかない旗本は多かった。

「そこで石田一尖は、槍の技を刀に移そうといたしたのでござる」

「槍の技……突きでございますか」

槍は鎧の守りを崩すため、先端に力をこめやすい突きを主たる動作としていた。

聡四郎は、一尖流の極意を突き技かと問うた。

「それは、実際に見ていただきましょう。おい、お見せいたせ」

「はっ」

「承知」

阿川一竿の合図に、座っていた弟子の二人が立ちあがった。

「当流基本の型をご覧あれ」

「拝見つかまつる」

「…………」

武術に身分はない。

聡四郎と大宮玄馬は、軽く礼をして、道場の羽目板側に腰を落とした。

「右手に立ちますのが、当流師範代の筒井《つつい》、相手を務めますのが次席の安藤《あんどう》でござる」

「…………」

師の紹介に、筒井と安藤が無言で頭を下げた。

「では、始め」

阿川一竿が手をあげた。

「おう」

「りゃあ」

二人の弟子が、木刀を構えた。

「変わった型だな」

「はい。青眼《せいがん》でも、中段でもございませぬ」

これが試合になれば、基本から得意な型に移る手間で一手遅れるため違ってくるが、稽古では、まず基本の型を取るのが決まりであった。

「まるで太刀をへそから水平に生《は》やしたような型だな」

聡四郎は驚いていた。

二人は木刀の柄を丹田《たんでん》に当て、水平に突き出すような姿勢で、軽く両膝を曲げていた。

「槍を模《も》しているのでございましょう」

大宮玄馬が囁いた。

「やあああああ」

長く尾を引くような気合いをあげて、安藤が間合いを詰めながら木刀を突き出した。

「なんの」

師範代の筒井も合わせて突き出した。

甲高い音を立てて、木刀がその切っ先でぶつかり合って、左右へ分かれた。

「疾《はや》い」

「ねじりを加えている」

聡四郎にはわからなかった動きを、大宮玄馬は見抜いた。

「なんだと」

大宮玄馬の一言に聡四郎は絶句した。

「刀身にねじりを加え、それでいて切っ先がぶれていないだと」

聡四郎は驚いた。

ものをねじるには、腕も同じようにしなければならない。しかし、それでいてぶれないよう切っ先を安定させるとなれば、左右の手の力もねじり出す機も同時でなければならない。いや、踏みこむ足の左右が違っても切っ先は狂う。頭の上から股間まで、動きながらその中心をずらさないようにしなければ、今の一撃は放てなかった。

「受け止められるか」

「……受け止めることはできましょうが、受け払いは悪手《あくしゅ》」

問うた聡四郎に大宮玄馬が緊張しながら答えた。

「受け止めるといっても、鍔《つば》になるぞ」

ねじ込んでくる力は強い。幅の狭い刀身では、回転力を抑えることは難しい。当然、受け払いだと負ける。よほど腰を据えていないと、受け止めたはずの刀が弾きとばされてしまう。

「初見殺《しょけん》しだな」

「はい」

こうやって動きを見ても対策を立てるのは難しいのだ。なにも知らず初めて対峙したならば、大宮玄馬でもかなり苦労する。聡四郎だと負けてしまうかも知れなかった。

「阿川先生のお気遣いだな」

「かたじけなきことです」

いきなり試合を、とならなかったのは、阿川一竿が聡四郎と大宮玄馬がいきなり負けてしまうという恥を掻かないようにと気遣ってくれたのであった。

「手の内を晒《さら》してくださったご厚意に応えねばならぬ」

「わかっておりまする」

聡四郎と大宮玄馬の表情がより引き締まった。

「……ふむ」

その様子を阿川一竿がしっかりと見ていた。

「よかろうかの……それまで」

阿川一竿が試合の終了を宣した。

筒井と安藤の稽古試合は千日手《せんにちて》になっていた。何度も基本の型に戻り、同じように突き出し、毎度のごとく受ける。

「筒井どのの勝ちだな」

決着のつかなかったそれに、聡四郎は優劣を付けた。

「まさに」

大宮玄馬も同じ意見であった。

「ほう、なぜそうお感じになられたのかの」

聡四郎と大宮玄馬の会話に、阿川一竿が入りこんできた。

「阿川先生、見事なる試合をかたじけのうございました」

まず厚意に聡四郎は礼を述べた。

「いや、いや」

意図に聡四郎が気付いているとわかった阿川一竿が、うれしそうに手を振った。

「で、試合の結果でございますが、筒井どのと安藤どのの木刀、その切っ先の傷み具合の違いで優劣を判断いたしましてござる。少しの差ではございますが、筒井どの切っ先が潰れておりまする。これは軸をぶらさず、中心で安藤どのの一閃《いっせん》を受け止めていた証。対して安藤どのも素晴らしい受けではございましたが、ほんのわずか切っ先よりずれたところに傷が付いてございまする」

「さすがに」

「むうう」

聡四郎の説明に、筒井と安藤が感心した。

「いやいや、なかなかのご眼力でござる」

阿川一竿も褒めた。

「一手お願いをいたしたく」

筒井が申し出た。

「教えていただけ。よろしいかの」

阿川一竿が聡四郎を見た。

「こちらからお願いすべきでございまする」

聡四郎が同意した。

「わたくしが……」

従者が先に出るべきだと、大宮玄馬が立ち上がろうとした。

「ここは、道場だ。道場において身分は価値がない。剣において、吾はそなたの足下にも及ばぬ」

一放流の看板を背負うのは、大宮玄馬だと聡四郎は制した。

「……わかりましてございまする」

大宮玄馬が座り直した。

「よきかな、よきかな」

満足そうに阿川一竿が二人の主従を見ていた。

「筒井、礼をもっての」

阿川一竿が筒井に命じた。

「はっ」

筒井が真剣なまなざしになった。

「双方、中央へ」

阿川一竿の指示で、聡四郎と筒井が道場の中央に、三間（約五・四メートル）の間合いで対峙した。

「稽古試合である。命を奪うようなまねはいたすべからず」

注意を阿川一竿が与えた。

「一放流、水城聡四郎」

「一尖流、筒井長一郎《ちょういちろう》」

互いに名乗りをあげて、構えに移る。

聡四郎は青眼に、筒井は独特の構えを取った。

「始め」

阿川一竿が合図をした。

「…………」

無言で聡四郎は間合いを一気に詰めた。

「おうやあ」

正面から来る聡四郎へ、筒井が木刀を突き出した。

「……これほどか」

右へ跳んでかわした聡四郎だったが、筒井の木刀が巻き起こした風に驚いた。

「ぬん」

足下を固めるなり、聡四郎は木刀を袈裟《けさ》懸《が》けに振るった。

「……なんのう」

驚いたぶん、出がほんのわずか遅れた聡四郎の一撃を、筒井が足捌きだけで避けた。

「ちっ」

空をきった木刀を聡四郎は引き戻しながら、後ろへ下がり間合いを取った。

「…………」

聡四郎は木刀を青眼に構えながら、筒井を見た。

「やる」

木刀をぶつけ合う前と変わらない姿勢、雰囲気に聡四郎は感嘆した。

「そちらこそ」

筒井が返してきた。

「どちらも初太刀にすべてを乗せるのが流儀」

「いかにも」

聡四郎の言葉に筒井がうなずいた。

「ならば、こちらも一放流の極意をお見せしよう」

青眼にしていた木刀を、聡四郎は右肩に担いだ。

「……ほう」

切っ先を背後に向け、刀を右肩に乗せるという変わった構えに、筒井が目を細めた。

「…………」

無言で聡四郎は左足を前に出し、背筋を少しそらせるようにして、腹を突き出すような型を見せた。

「ふむ、懐かしいの」

へっぴり腰にも見える不細工な構えであるが、これこそ初撃にすべてをかける一放流の構えである。

聡四郎の姿に、阿川一竿が呟いた。

「むっ、ならば」

筒井も一尖流基本の型になった。

一放流は後《ご》の先《せん》を得意とする。敵の動きを見てから合わせるが、足の指から首まで、すべての筋を一挙に解放し、目にも留まらぬ疾さで迎え撃つ。

聡四郎は筒井の動きを待った。

「参るっ」

筒井の気が満ちた。

まさに爆発するような勢いで筒井が木刀を突き出しつつ、前へ飛び出した。

「うおおお」

聡四郎も雄叫びを上げて木刀を落とした。

「それまで」

阿川一竿が右手を挙げて、試合の終了を宣言した。

「参った」

「……こちらこそ、参りましてございまする」

聡四郎が先に負けを宣言し、追うように筒井も頭を垂れた。

「相討ち……」

見ていた阿川一竿の弟子たちが、顔を見合わせた。

「いや、拙者の負けでござる」

聡四郎は稽古着をはだけて見せた。聡四郎の右胸に一寸（約三センチメートル）ほどの赤いあざがあった。

「いや、拙者こそ」

あわてて筒井が稽古着を諸肌脱《もろはだ》ぎにした。

「真剣でござったら、右腕は切り飛《ば》ばされておりましょう」

筒井の右肩に、赤いみみず腫れがあった。

阿川一竿がなぜか判定を下さないので、聡四郎は大宮玄馬を促した。

「玄馬」

「筒井どのの勝ちでございまする。刹那《せつな》、筒井どのの切っ先が早《はよ》うございました」

大宮玄馬が告げた。

刹那の差でも、致命傷の傷を与えられたら、聡四郎の一刀は力を失う。惰性であるていどの結果は出せても、その瞬間に手の内を締めるなどをしなければ、一撃は生きてこない。聡四郎の一刀は、いわば虚になる。

「いや、お見事でござった」

阿川一竿が称賛した。

「筒井、誇るがよい」

「はっ、はは」

褒められた筒井があわてて膝を突いた。

「しばし、御免を」

聡四郎と大宮玄馬に一礼して阿川一竿が、筒井の前に立った。

「筒井長一郎、そなたに免許皆伝を許す」

「……あ、ありがとうございまする」

阿川一竿の告知に、筒井が平伏した。

「吾が跡を継げ」

「おおっ」

後継者指名に、弟子たちがどよめいた。

「畏れ多いことでございまする」

筒井が震えた。

「今からそなたが、一尖流の宗主《そうしゅ》じゃ」

「えっ……」

続けた阿川一竿に、筒井が唖然とした。

「師範」

「先生……」

弟子たちも騒いだ。

「鎮まれ」

阿川一竿が一喝した。

「久しぶりに血が騒いだのだ」

そう言った阿川一竿が、大宮玄馬を見た。

「すべてをかけて、戦ってみたいと思う相手に出会えた。儂がまだ動ける間に」

穏やかだった阿川一竿の顔が険しいものへと変化した。

「入江無手斎、儂が今まで一度も勝てなかった剣術遣い。その入江無手斎から一流を立てることを許されるほどの逸材、その男が目の前にいる。戦わずにおれるわけなかろう」

阿川一竿が興奮していた。

「頼む」

大宮玄馬へ向かって、阿川一竿が頭を下げた。

「殿」

困惑した顔で大宮玄馬が聡四郎を見た。

「ふうむう」

聡四郎はうなった。

「師と同じだ」

小さく聡四郎は首を横に振った。

「主君を持たぬ者は、己の習得した技術に武士《もののふ》としての誇りを求める」

武士とは主君を持ち、禄をもらう代わりに忠義を尽くす者をいう。ゆえに浪人は主君を持たないことから、武士として扱われない。

「そうよ、これが剣術遣いの性《さが》じゃ。己より強い者を倒したい、己にない技を遣う者と戦ってみたい」

阿川一竿が聡四郎の嘆きを認めた。

「そして、この気概を失ったとき……剣術遣いは死ぬ」

「よろしゅうございますか、殿」

まだ剣術遣いとしてあり続けたいという阿川一竿の覚悟に、大宮玄馬が感銘を受けた。

「存分にいたせ」

聡四郎はうなずいた。

四

小太刀の一流を創始できるほどの腕を持つ大宮玄馬を家士にできたことは、聡四郎一代の幸運であった。もし、大宮玄馬が居なかったら、とっくに聡四郎は死んでいる。

だが、その幸運は一放流小太刀という流派を潰してしまった。

もちろん、家臣でありながら武術の宗主である者もいる。その代表として新陰流の柳生家は尾張藩士、小野派一刀流の小野家は旗本である。

大宮玄馬が小太刀の一流を起こし、水城家の一角に道場を設けるのは簡単である。ただ、そうなれば大宮玄馬は弟子を持つことになり、絶えず聡四郎の側に仕えるというわけにはいかなくなる。

師は弟子の成長に責任を持たなければならない。言うまでもないが、家士である以上、聡四郎の警固こそ肝心なのはまちがいない。しかし、弟子を放置するのは、宗主としてあまりに無責任である。

それもあり、大宮玄馬の一放流小太刀創設は見送られている。これを聡四郎は常々心苦しく思っていた。

「……かたじけのうございまする」

一瞬考えた大宮玄馬であったが、聡四郎の厚意を受け取った。

家臣として主君の命を守ること以外で、無茶をするのは忠義にもとる。それを聡四郎は認め、大宮玄馬が肚をくくった。

「すまぬな」

二人の遣り取りから、その意味を汲み取った阿川一竿が深々と頭を下げた。

「儂のわがままだが、皆、よく見ておけ。終生の目標となるであろう試合にしてみせるゆえの」

阿川一竿が道場の壁際に控えた弟子たちを見回した。

「先生」

筒井が木刀を阿川一竿へと手渡した。

「違う。竹刀を……」

阿川一竿が首を横に振った。

「木刀では遠慮が出る」

「……先生」

筒井が息を呑んだ。木刀は当たりどころが悪ければ死、よくても骨折あるいは打撲を避けられない。試合で稽古のように寸止めできるとは限らないのだ。その点、竹刀ならば突きが喉に決まれば死ぬが、そうでなければ、よほどまともに頭を打たれて気絶するのが関の山である。

つまり、死力を尽くし、遠慮なく戦える。

全力を出すと阿川一竿は宣言したに等しい。

「行って参りまする」

応じて道場備え付けの道具から小太刀を模した竹刀を手に、大宮玄馬が聡四郎に告げた。

「玄馬、一放流を背負え」

水城家家士の大宮玄馬ではなく、一放流入江道場の弟子大宮玄馬としての試合をしてこいと聡四郎はもう一度鼓舞《こぶ》した。

「…………」

決意を瞳に映し、大宮玄馬が無言で首肯した。

「水城どの、審判をお願いできるかの」

阿川一竿が求めた。

「拙《つたな》いながら、喜んで」

聡四郎は謙遜《けんそん》して引き受けた。

「双方、一礼。勝負は一本。喉への突きは禁じる」

三間の間を空けて対峙した二人の間で聡四郎が条件を述べた。

「……承知」

「はい」

阿川一竿と大宮玄馬が同意した。

「では、始め」

すっと手をあげて聡四郎は試合を開始させた。

「りゃりゃりゃあ」

とたんに阿川一竿が突っこんだ。

格下から動くという慣例を、阿川一竿は無視した。いや、大宮玄馬を同格以上の相手と認めたのである。

「おう」

半歩下がって大宮玄馬は、小太刀を下段に構えた。

「逃がさぬ」

間合いを空けられたぶん、阿川一竿が詰めた。

「…………」

大宮玄馬が腰を落とした。

小柄な大宮玄馬が腰を落とせば、下段の切っ先は床すれすれまで落ちる。最初に切っ先が目に入る青眼と違って、腰を落としての下段は相手の頭が大きく映る。人はどうしても大きな目標が気になる。頭を打たんとして身体を伸ばしてくる、その下をくぐるようにして胴を狙う。これを大宮玄馬は得意としていた。

「一尖流穿山《せんざん》」

叫びつつ阿川一竿が竹刀をねじりながら突き出した。

「……くっ」

いつものように竹刀の下をくぐらず、大宮玄馬は左へ大きく跳んでこれを避けた。

「させぬわ」

外された竹刀を、阿川一竿が薙いだ。

「うっ」

聡四郎も思わずうめくほど、きれいに繋がった動きで、阿川一竿の竹刀が大宮玄馬の脇腹を襲った。

「なんの」

大宮玄馬が竹刀を合わせ、滑らせるようにして阿川一竿の横薙ぎをずらした。

「槍流れが……」

見ていた筒井が驚愕の声を漏らした。

「やる」

すばやく竹刀を戻した阿川一竿が大宮玄馬を褒めた。

「小太刀の敵は槍でござる」

短く大宮玄馬が応えた。

刃渡りの短い小太刀にとって槍ほど相性の悪いものはない。槍を持つ敵に小太刀の一撃を加えるためには、数倍長い槍の間合いに踏みこまなければならないのだ。

槍は突くのが主とはいえ、その穂先は研ぎ澄まされた太刀と同様であり、横薙ぎに斬りつけたり、柄を使って打ち据えたりもできる。どちらも突きのように一撃で死を与えるのは難しいが、十二分に脅威になる。小太刀は、槍をどうするかを永遠の命題にしているといえた。

「なるほどの。槍対策は万全だと」

阿川一竿が口元をほころばせた。

「なればこそ、戦う価値がある」

より阿川一竿が興奮した。

「……むん」

今度は大宮玄馬が突っこんだ。小太刀を身体の中央に立てるようにしながら、間合いを一気に削ろうとした。

「止められると思うな」

阿川一竿が竹刀を突き出した。ねじりを持つ竹刀の先を竹刀で止めることはできない。割り竹を数本束ねた竹刀は、突きに弱い。割り竹と割り竹の隙間を切っ先が貫いてしまうからだ。

「……………」

無言で大宮玄馬が竹刀を後ろへ傾けた。切っ先が大宮玄馬の頭をこえるに連れて、鍔があがって来る。大宮玄馬は先ほど聡四郎と話していた方法で、阿川一竿の突きを受けた。

「ぐうっ」

小柄な大宮玄馬は、無事阿川一竿の竹刀を止めたが、その衝撃で呻《うめ》いた。

「……こいつっ」

阿川一竿が一瞬呆然とした。槍の突きから生まれた穿山は、その切っ先にすべての力をこめる。小札《こざね》という小さな鉄の板を重ねた鎧くらいならば貫くだけの威力を持つ。しかし、刀の鍔は分厚く、槍の名人でも破ることはできない。竹刀の柄は杉板を削ったものが多く、真剣ならば割れて耐えられないだろうが、竹刀相手では十分に保つ。

「……やっ」

浮きあがった重心を落としながら、大宮玄馬が己の竹刀で阿川一竿の伸びきった右小手《こて》を打った。

「しまった」

阿川一竿が苦い顔をした。

「それまで」

聡四郎が下ろしていた手をふたたび上げて、勝負の決着を付けた。

「参りましてござる」

悔しそうな顔ではなく、晴れ晴れとした表情で阿川一竿が負けを認めた。

「いえ、次は負けましょう」

大宮玄馬は精一杯だったと応えた。

「真剣勝負に二度はござらぬ。負けは負け。再戦をお願いするのは未練でござる」

阿川一竿が手を振った。

「筒井」

「はっ」

師の呼びかけに、筒井が両手をついて傾聴の姿勢を取った。

「見たな」

「見ましてございまする」

確認した阿川一竿に、筒井が告げた。

「儂の無念、きっと晴らしてくれ」

「かならずや。精進を重ねまする」

試合前に言ったことを守るとばかりに、阿川一竿は大宮玄馬への再戦を弟子の筒井に委《ゆだ》ねた。

「何年先になるかわかりませぬが、お受けいただけますか」

大宮玄馬へ顔を向けた筒井が問うた。

「殿」

「今は、剣術遣いだと申したであろう」

つごうを尋ねる大宮玄馬に、聡四郎は微笑んだ。

「かたじけなく」

大宮玄馬がうれしそうな顔をした。

「喜んでお迎えいたしまする。江戸の本郷御弓町水城家をお訪ねあれ」

筒井に向かって大宮玄馬が述べた。

「よし、一同、稽古は止めじゃ。酒を出せ。宴をするぞ」

阿川一竿が大声で言った。

「先生、これをお遣いいただきたく」

聡四郎は小判を二枚、阿川一竿に差し出した。

「……ありがたし。有様は、酒屋の払いがたまっておりもうしての」

ほんの少しだけ躊躇《ちゅうちょ》したが、阿川一竿が金を受け取った。

「入江先生も同じでございました」

聡四郎は頬を緩めた。

「大宮氏、よろしいかの。小太刀をお遣いのようでござるが……」

筒井が早速大宮玄馬と剣談を始めた。

「無手斎どのがうらやましい」

竹刀を置いた阿川一竿が聡四郎の前に座った。

「いやいや、阿川先生のお弟子衆もよき方ばかりではございませぬか」

聡四郎が持ちあげた。

「弟子の腕、素質ではござらぬ」

阿川一竿が首を横に振った。

「筒井は、まちがいなく逸材《いつざい》。惜しむらくは大久保家の家臣という立場があり、すべてを剣術に託せぬだけ。もし、筒井が剣術に耽溺《たんでき》したら、吾がところまでは昇って参りましょう。他の者どもも同じ、筒井には及ばずとも、そのあたりの剣術道場の主に後れを取るようなことはござらぬ」

弟子を阿川一竿が称賛した。

「では、なにをうらやまれるか」

聡四郎は訊いた。

「ご機嫌を損じなければよいが……大宮玄馬どのの才じゃ。師の教えをかみ砕いて呑みこみ、さらに昇華して新しいものを生みだす。この国にいくつの剣道場があり、何人の弟子がおるかはわかりませぬが、まず十指に入る」

家臣を最大限に評価することを、阿川一竿は気にしていた。

「お気兼ねなく。拙者も同じ考えでござれば」

聡四郎も剣を学び、一度は生涯を預けようとまで思ったのだ、嫉妬心がないとは言えない。しかし、それ以上に、聡四郎は大宮玄馬を買っていた。

「では、すなおに問いましょうぞ。もったいないとは思われぬのか」

阿川一竿が、大宮玄馬を家臣で抱えこむことは、剣術にとって損失だと言った。

「もったいないとは思いませぬ」

聡四郎は否定した。

「たしかに玄馬の才は群を抜いておりますが、その才で喰えますか」

「それは……道場を開けば、糊口《ここう》くらいはしのげましょう」

訊かれた阿川一竿が食べるくらいはできると答えた。

「妻を娶り、子をなせまするか」

「…………」

阿川一竿が黙った。

「妻を娶り、子をなし、道場と流派を継がせる。そうするには、あるていど以上の弟子が要りましょう。弟子の数を増やすには、武術ではなく、算術が必須。武芸者から芸者になり、弟子たちの機嫌を取る」

江戸で流行《はや》っている道場の多くは、大名や高禄の旗本の後援を受けている。大名や旗本の家臣の他、その紹介してくれた者たちで道場は賑《にぎ》わう代わりに、後援者たる大名や旗本の言うことは聞かねばならない。

また、あまりに厳しい修行を課せば、弟子たちが付いて来られずに脱落してしまう。そして、腕が上がらないからといって切り紙や折り紙、免許などを与えないと、やる気をなくして来なくなる。

道場で金儲けをしようと思えば、いろいろと気遣い、我慢をしなければならない。道場も商売なのだ。

「そんな状況に、あの玄馬が耐えられましょうか。いえ、玄馬をそうしてしまったことへの後悔にわたくしは耐えられませぬ」

「むうう」

阿川一竿がうなった。

「吾が腕を落とさず、弟子たちに剣の真髄を教える。そんな道場が今どき流行りましょうや」

「流行らぬ」

己がそうなのだ。阿川一竿ははっきりと首を左右に振った。

「喰えるかどうかわからず、まず妻は娶れない。ならばまだ旗本の家士のほうがましでございましょう。禄があるかぎり喰え、嫁ももらえる。己の技を仕込みたければ、生まれた子供に教えればいい。そして子供が元服したならば、家督を譲って余生を剣術に捧げる。いかがでございましょう。武士たる者、家を継がせるということこそ大事」

どちらがよいかを聡四郎は問うた。

「剣術に生涯を尽くすのが、剣術遣いであるが……」

難しい顔を阿川一竿がした。

「もっともこれとて、わたくしの勝手な思いこみでございまする。決めるのは……」

聡四郎は筒井と楽しげに話している大宮玄馬を見た。

「本人でございますな。本人が望まなければ、剣術の修行など押しつけるものではございませぬ」

阿川一竿が苦笑した。

第五章　東西明暗

一

京の闇は、藤川義右衛門を利用した利助によって統一された。他にいた南禅寺《なんぜんじ》の親方、伏見の女頭などは、藤川義右衛門によって殺されるか、脅しを受けて京から逃げ出したかのどちらかであった。

しかし、だからといって京はもう利助のものとして安泰かというと、そうではなかった。

親分が縄張りを捨てて逃げたあとに残された手下、そのなかには利助をどうにかして、今度は己が京の闇を取り仕切ろうと考えている者がいた。

「ふざけんじゃねえぞ」

洛北《らくほく》の荒れ寺で、十数人の男たちが不満を口にしていた。

「利助のところに吸収されたのは、親分が情けなかったからや。わいらは納得してへん。それやのに、縄張りの賭博場も女も全部、利助のところが取り仕切って、わいらには一文も入らへんがな」

「そうや、そうや。縄張りを取ったなら、それを預かっていたわいらに、いくらかの気遣いをするのが決まりやろ」

闇には闇の慣習がある。縄張りを奪ったときは、そこに居着いていた無頼たちへ退き金を渡して、穏やかに話を付けるのが普通であった。こうすることで、縄張りという生計《たつき》の道を奪われる連中を宥め、後からのもめ事を防ぐのだ。

退き金をもらった無頼は居を移し、二度と縄張りへ足を踏み入れないのも決まりである。もし、それを破れば、厳しい制裁を受けることになるし、そういった未練を出すような者は、どこの親分も引き取ってくれない。

それをわかっていながら、利助は決まりの金を出さなかった。

「どうしてくれようか」

大柄な無頼が腕を組んだ。

「そこでや」

老年に近い無頼が、口を出した。

「ここにおる者《もん》で新たに一家を作らへんか」

「西蔵《さいぞう》の叔父貴……」

「一家を作る……」

西蔵と呼ばれた老年の無頼の言葉に、一同が顔を見合わせた。

「そうや。ばらばらでは、利助に勝たれへん。向こうは、京を締めてる。金も人もある。こっちにあるのは、恨みだけや。そんなんで勝てるか、無理やろ。しゃあから、こっちも一つになろうちゅうわけや」

「叔父貴、それはええけど、誰が親分になるんや」

大柄な無頼が肝心のところを問うた。

老年と呼ばれる年齢まで来て、親分になれていない、隠居もできていない。ここからもわかるように西蔵には人望がなかった。

「決まってるやろ。小野寺《おのでら》先生や」

西蔵が一人離れたところで、柱を背にしている浪人を指さした。

「拙者がどうかしたか」

小野寺と呼ばれた浪人が西蔵を見た。

「先生を頭にいただいて、新しい一家を作ろうやないかと言うてますねん」

西蔵が告げた。

「拙者を親分にすると」

「へい。どないですやろ」

確認した小野寺に、西蔵が訊いた。

「ここにおる者、皆それでよいのか」

「ええな、皆」

小野寺の問いかけに、西蔵が代表した。

「へい」

「小野寺先生なら」

無頼たちが次々に首を縦に振った。

「拙者は、京の出と違うぞ。近江だ。南禅寺の親方のところで用心棒をしていただけで、洛中《らくちゅう》の事情にも疎《うと》い」

「その辺のことは、わいや鯛蔵《たいぞう》がやりまっさ」

西蔵が大柄な無頼を見た。

「ふむ……」

少し小野寺が考えた。

「やるか。このままここで腐っていても仕方ない。金を稼がないと生きていけんしな。いざとなれば斬り取り強盗をすればどうにかなるが、それじゃ町奉行所に目を付けられる」

小野寺が決意した。

「引き受けた。では、まずなにをする」

「地道に縄張りを拡げて、とはいきまへん。そんなことしてたら、潰されますよって」

訊いた小野寺に西蔵が話を始めた。

縄張りを一つ一つ落としていくのが堅実だが、そんなまねをしていたら、一つめの縄張りを奪った段階で、利助に報せが行く。そうなれば、数で劣る新設の一家なんぞ三日も保たない。

「どうするんだ」

小野寺が西蔵を促した。

「木屋町の利助は今、京にいてまへん。江戸へ手を伸ばしに出てま。その隙を狙いまんねん」

「本丸を攻めるというわけか」

西蔵の案を小野寺は理解した。

「利助の留守を守ってる干支吉《えときち》をやれば、利助の一家はがたがたになりま。京を押さえたちゅうても、力ずくなだけでっさかいな。南禅寺や伏見の縄張りは、決して心服《しんぷく》してまへん」

「とは言うが、そいつらも我らの下には入るまい。それこそ、どこの馬の骨かわからんのだぞ」

小野寺が懸念《けねん》を表した。

「そうでんな」

西蔵がうなずいた。

「それでよろしいねん。皆、ばらばらになりますやろ。まとまりさえなくなれば、一つ一つ落とすのは、さほど難しいことやおまへん」

「なるほどな。一枚岩を風呂敷で包《くる》むことはできないが、小さな石なら簡単に包めるということだな」

「そういうこって」

納得した小野寺に、西蔵が胸を張った。

「干支吉の周囲には何人くらい手下がいるか、その手下はどのくらい遣えるのか、干支吉が確実にいるのはいつか、まずはそれを調べろ。今度は我らが京を締めるぞ」

「へい」

「お任せを」

無頼たちが気勢をあげた。

翌日、利助の留守を預かる干支吉のもとを、平松少納言時春が訪れていた。

「これだけでなんとかしやれ」

平松少納言時春が、小判を百枚干支吉の前に出した。

「金包み四つでっか……それであの水城と従者をやれっちゅうのは、ちいと無理で」

干支吉が金包みを押し返した。

「な、なにを」

断られるとは思っていなかった平松少納言時春が目を白黒させた。

「あの二人に、うちは切り札をやられてますねん。とてもやないですけど、百や二百でお受けできまへんわ」

干支吉が金が少ないと告げた。

「い、いくらや、いくらで引き受ける」

平松少納言時春が金額を問うた。

「一箱、千両。一分欠けてもお引き受けしまへん」

「せ、千両……」

貧乏公家にとって、千両など何年かかってもできるものではない。

「無理を申すな」

平松少納言時春が怒った。

「無茶ではないと思いまっけど。近衛はんの蔵には数千両眠ってはると聞いてまっせ」

「ば、馬鹿を言うんやない。御所はんはかかわりあらへん。これは麿の、麿だけの頼みごとや」

近衛の金満ぶりを指摘した干支吉に、平松少納言時春がなんども首を左右に振って否定した。

「そうですか。なら、なかった話で。どうぞ、お帰りを」

「きさま……無礼じゃ、麿を誰やと思うとるんや。五摂家筆頭近衛家の宰領《さいりょう》をお預かり……」

手厳しいあしらいに、平松少納言時春が怒った。

「近衛はんのお力にすがらはりますか」

「むううう」

かかわりないと言ったばかりである。平松少納言時春の怒りがしぼんだ。

「もう一度、近衛はんとご相談のうえ、お出でやす」

干支吉が、おまえでは相手にならないと手を振った。

闇にとって、名誉しかない公家は、恐ろしくもなんともなかった。まだ、刀を振り回すだけ武家のほうが面倒である。なにより、公家のことに町奉行所は口を出さない。闇と公家がもめたところで、どうでもいいのだ。いや、幕府にとって都合の悪い者同士、削り合ってくれたほうが助かる。

「…………」

平松少納言時春が干支吉を睨みつけた。

「覚えておりや」

捨てぜりふを残して、平松少納言時春が席を立った。

「親分が江戸に行かれてる間に、縄張りを引き締めるのがわいの役目や。多少の金に目をくらまされて、手練《てだ》れを失うなんぞ論外じゃ。断りはしたが、親方に報《しら》さんというわけにはいかんやろ。誰か江戸へやらんとな。まったく、公家は己の都合でしか言いよらん」

干支吉が嫌そうな顔をした。

木屋町は高瀬川《たかせがわ》に沿って茶店が並んだ遊所である。もとは高瀬川を利用して京へ運ばれた材木が保管されていたことからこう呼ばれていた。

その茶店の一つが利助の本拠であった。

「……憎《にく》や、下人の分際で、少納言たる麿を……」

憤懣《ふんまん》やるかたないといった顔で平松少納言時春が、茶店から出てきた。

「あれは……近衛はんところの」

茶店を見張っていた西蔵が気付いた。

「知っているのか」

地の利を見るとして西蔵に同行していた小野寺が問うた。

「へい。南禅寺の親方とつきあいがおましたので、何度か見たことがおます」

西蔵がうなずいた。

「誰だ」

「近衛はんとこの家宰《かさい》、平松少納言さまで」

「家宰……」

わからないと小野寺が首をかしげた。

「用人《ようにん》ですわ」

「なるほど」

西蔵が言い換え、小野寺が理解した。

「近衛さまほどのお家を預かる用人が、なぜ、木屋町の利助のところに」

「後ろ暗い用事でっしゃろ。公家衆も結構なお客はんでっせ」

怪訝な顔をしている小野寺に、西蔵が告げた。

「公家なんぞ、神棚の御神酒《おみき》だろうに」

飾りとして敬われるが、そのじつはなんの意味もないだろうと小野寺が言った。

「公家はんは、なんの力もお持ちやおまへんけど、名前にこだわらはりますねん。誰々より先になんとかの守《かみ》にならなあかんとか、娘を御三家へ嫁にやりたいけど、どこどこの娘が邪魔やとか」

西蔵が語った。

「殺しを求めてくるのか……」

小野寺の声が低くなった。

「さすがに殺しまで言うてくるのはそうそういてまへん。せいぜいが、朝議《ちょうぎ》に出られへんよう足を折ってくれとか、あの娘を嫁に行けん身体にしてくれとかですわ」

「なるほど、朝議に出て来なければ役目には就けない、乱暴された身体で、御三家の嫁には行けないか」

「それがそうでもないところが、お公家はんの怖いところで」

納得した小野寺に、西蔵が苦笑した。

「どういうことだ」

小野寺が訊いた。

「足腰立たないくらいもてあそんだはずやのに、男の手も握ったことおまへんちゅう顔で、公家の娘は輿《こし》入れしまんねん」

「そんなもの、初夜で気づくだろう」

西蔵の話に、小野寺が驚いた。

「大名の若殿なんぞ、女を知りまへんよって、ちぃと痛がる振りをするだけで欺されますねん」

「とんでもないな」

小野寺があきれた。

「ということはだ、平松少納言どのは利助に仕事を頼みに来たのか」

「ですやろうな。しゃあけど、あかんかったんでっしゃろ。ごっつうご機嫌斜めでっせ」

まだ文句を言いながら歩いている平松少納言時春を、二人は見た。

「顔見知りだと言ったな」

「へい。声かけて来ましょか」

小野寺の確認に、西蔵が先を読んだ。

「金になるようならば、こっちで受けよう。利助の店を襲うにしても、金がなければ武器を購《あがな》うこともできぬ」

「長脇差と匕首ではきついですわな。大戸を打ち破る掛け矢も欲しいところですし」

西蔵もうなずいた。

「行け」

「へい」

命じられた西蔵が小走りに、平松少納言時春のもとへと近づいた。

「少納言さま」

「誰や」

背中から声をかけた西蔵に、平松少納言時春が振り向いた。

「お忘れですやろか、南禅寺におりました西蔵で」

西蔵が顔をよく見てくれと突きだした。

「南禅寺……寺男やないな。あっちの南禅寺か。そういえば、どことなく見覚えがあるの」

「へえ。西蔵と申しま」

思い出した平松少納言時春に西蔵が頭を下げた。

「その西蔵が、なんの用や。たしか南禅寺は木屋町に吸収されたんやろ」

「ご存じでおましたか」

平松少納言時春に言われて、西蔵が頭を掻いた。

「京の無頼が一つになったちゅうて、朝議でも話題になったくらいや。公家だけやのうて、京雀《きょうすずめ》も皆、知ってるで」

京雀とは、人の噂話が好きな京の庶民を揶揄《やゆ》した呼び方であった。

「情けない話ですが、南禅寺の縄張りはもうおまへん」

「そなたも木屋町の下についたんやろ」

「違いま。何人かは木屋町のやり方が気に入らんちゅうて、別の一家を立てましてん」

「別の一家……」

平松少納言時春が興味を持った。

「へい。数も二十名からいてまっせ」

少し多めに西蔵が述べた。

「二十名もかいな。それは多いな」

平松少納言時春が感心した。

「親分は誰や」

「小野寺はんという近江の浪人で」

質問された西蔵が、答えた。

「浪人か……やっとうはできるんか」

「小野寺はんは、やっとうの名人ですわ。少納言さまは覚えてはりませんか、金貸しで聞こえた瑞光《ずいこう》っちゅう坊主を」

「瑞光……瑞光、ああ、もと東寺《とうじ》の学僧やったちゅう。あれは二年前やったか、鴨《かも》川《がわ》の河原で身二つにされて死んでた……あれが」

平松少納言時春の表情が引きつった。

「小野寺はんの仕事ですわ。一緒に付いて行きましたんやけどな、あんなすさまじいやっとうを見たのは、後にも先にも小野寺はんだけですわ。すれ違いざまに……一撃で瑞光を二つにしはりました」

「もうええ、もうええ。血なまぐさいわ」

顔色を白くして、平松少納言時春が西蔵を止めた。

「ところで、お仕事ですやろ」

西蔵が声を潜めた。

「……わかるか」

平松少納言時春も小声になった。

「木屋町に断られたんやが、そなたのところで引き受けてくれるか」

「少納言さまのおためならと申しあげたいとこでっけど、内容がわからんと」

西蔵が尋ねた。

「人を二人、片付けて欲しいんや」

「二人でっか。ちいとお待ちを」

そこまで聞いた西蔵が、小野寺へと手を上げた。

「親方と一緒に聞きますわ」

「大丈夫か、いきなり斬りかかったりせえへんか」

先ほどの話がよほど怖かったのか、平松少納言時春が震えた。

「小野寺でござる。少納言さまには初めてお目通りをたまわる」

西蔵の隣に並んだ小野寺が慇懃《いんぎん》に名乗った。

二

先に進んでいる者の足跡を追うのは、意外と容易《たやす》い。

「主人と従者、小者二人の旅人を見なかったか」

街道筋の茶店、宿場町の旅籠などで問えば、簡単に話してくれる。旅人なぞ二度と客として来ないのだ。駄賃の一つも握らせれば、あっさりと口を割る。

「二軒先の箱根屋さんに入って行きました」

「そうか。助かった」

旅籠の客引きから話を聞いた松葉が室生を見た。

「追いついたの」

「まだ、おるかどうか確認せねばなるまい」

興奮する松葉に、室生が冷静に応じた。

さすがに口の軽い宿場の客引きとはいえ、今現在泊まっている客を売るようなまねはしない。まだ、聡四郎たちが箱根屋に滞在しているとは限らなかった。

「見張ろう」

松葉が箱根屋の出入りを見下ろせる宿を選んだ。

少し心付けをはずめば、見晴らしのいい部屋へ案内してくれる。

「ありがとうさんで」

宿帳を持って来た番頭に、適当な住所と偽名を告げれば、あとは好きに出来る。

「水城たちがいなければ、夜中に発つ。いれば、旅立つまで見張って後を追う。途中で追い抜いて、湯本《ゆもと》を過ぎた辺りで罠をしかけて待ち伏せをする」

松葉と室生が手はずを確認した。

どうせ旅籠代は踏み倒すつもりである。心付けに二朱《しゅ》出したところで、痛くもかゆくもなかった。

「おいっ」

窓障子を細く開けて外を見ていた室生が、手裏剣や煙玉などの忍道具を手入れしていた松葉を呼んだ。

「来たか」

音もなく、松葉が窓障子に取り付いた。

「……まちがいないだろう」

「ああ」

聡四郎と大宮玄馬が阿川道場から戻ってきたのを、二人は確認した。

「忍ぶ」

松葉がすばやく着ていた衣装を裏返した。

忍の衣服は表裏のどちらも使える。表はごく普通の縞《しま》など目立たない柄で、裏が黒あるいは柿渋色の忍装束になっていた。

「気を付けろ。剣術遣いは気配に敏感だ」

「言うまでもない」

室生の懸念を松葉が一蹴《いっしゅう》した。

宿へ帰ってきた聡四郎と大宮玄馬は満ち足りていた。

「剣術はよいな」

「はい。同好の士との語らいほどやすらぐものはございませぬ」

聡四郎の言葉に、大宮玄馬も同意した。

「再戦を約したのだろう」

別れ際に、大宮玄馬と筒井が互いの肩をたたき合っていたのを聡四郎は見ていた。

「いたしました」

大宮玄馬が認めた。

「そのとき、落胆されぬようにせねばならぬな」

「……はい」

言われた大宮玄馬がうなずいた。

「上様をお守りするのは、吾の任ではないが……やはり武士は剣を忘れてはならぬの。今一度、初心に戻れとの師のお心づくしに感謝せねばならぬ」

聡四郎も己の至らなさを痛感していた。

「だが、任のこともある。小田原はここまでだな」

「残念ではございますが」

一カ所に留《とど》まっていては道中奉行副役の役目を果たせない。吉宗の意図がどこにあるかはわかっていないが、単なる剣術修行のために聡四郎を江戸から出したとは思えなかった。

「明日には発つ」

「その旨、宿に報せましょう。猪太、傘助」

決定した聡四郎に、大宮玄馬が納戸にいる小者を呼んだ。

「なにか」

襖が開いて傘助が顔を出した。

「明日朝に出る。宿に精算と明日の昼の握り飯を人数分用意してくれるように頼んで参れ」

「へい」

傘助が首肯した。

「……明日」

聡四郎と大宮玄馬に気付かれぬよう、納戸の天井裏に潜んでいた松葉が呟いた。

箱根八里は東海道最大の難所といわれるだけに、その、道は険しい。小田原から箱根の関所までおよそ四里八丁（約十七キロメートル）と、距離だけで考えれば聡四郎たちの足ならば、一刻半（約三時間）ほどで踏破できる。それがおおよそ半日かかると予想された。

「人足代が三倍かかるのも無理はない」

峠道を登り始めた聡四郎は、あらためてそのきつさに驚いていた。

道中奉行副役らしいまねをと聡四郎は小者二人にいろいろなことを調べさせていた。そのなかには宿場から次の宿場まで荷運びをする人足の費用も含まれていた。

「大磯《おおいそ》から小田原までが四里で人足一人百三十文、比して小田原から箱根まで四里八丁で人足一人四百二十九文。三倍以上取る。暴利だと思ったが、この坂道を荷物を抱えて登るとあれば、当然の金額だ」

胸突《むなつ》き八丁と呼ばれる坂道は、己の膝が胸に付くほど急である。そのうえ九十九《つづら》折りだとか、これでもかというほどの難所が続く。一度荷運びをすれば、二度目は難しい。一日分の金を一回で稼がなければならないとなれば、人足一日二百五十文を相場とすれば、四百二十九文は決して高いものではなかった。

「まことに」

大宮玄馬も息を荒くしていた。

なぜか板の橋が二つ続くだけで三枚橋といわれる橋の架かる川をこえれば、湯本になる。ここらは温泉が湧き出ていることで知られ、湯治客が多くいた。

「もう少し頑張って、畑の立て場で休むとしよう」

湯本を聡四郎は通過した。

「来たぞ」

湯本を出たところで、松葉と室生が待ち伏せをしていた。

「罠は」

「大丈夫だ。今、確認してきた」

松葉の問いに室生が答えた。

「そろそろだ。気配を断つぞ」

「おうよ」

伊賀者の隠形《おんぎょう》は、獣も欺すといわれている。松葉と室生の気配が消えた。

「……わっ」

先頭を進んでいた猪太が、驚きの声をあげて転んだ。

「どうした」

聡四郎が足を止めた。

「……………」

動きを止めた聡四郎目がけて矢が放たれた。

「なにっ」

弓弦が解放されるときに発する小さな音を聡四郎と大宮玄馬は聞き取った。

「殿」

「つっ」

大宮玄馬が聡四郎をかばおうとしたが、狭い峠道である。木に邪魔されて出が遅れた。

聡四郎の左側から、矢は水平に飛んできた。刀は左腰にあり、鞘走らせて右はそのまま迎え撃てるが、左側だと抜いて一度手首を返さなければならない。

一拍遅れると悟った聡四郎は、矢に向けて背中を見せた。

重い音がして、矢が聡四郎の背中に突き刺さった。

「殿……」

「ひえええ」

大宮玄馬が蒼白になり、最後尾を歩いていた傘助が腰を抜かした。

「やったぞ」

「ああ。ようやく仇を取った」

二人の伊賀者が狂喜した。

伊賀者は、まず落とし穴を掘り、それに小者を落とすことで、聡四郎たちの足を止め、木々の間に隠した仕掛け弓を射たのだ。

「残るは一人だ。いくぞ、室生」

「おうよ」

松葉と室生が隠形を解いて飛び出した。

「忍……伊賀者か」

大宮玄馬が、ただちに応戦体勢に入った。

「主を殺されて、家臣が生き残るつもりか」

松葉が大宮玄馬の動揺を誘った。

「なにより、一人で我ら伊賀の郷忍二人を相手できると思っているのか」

室生が勝ち誇った。

「…………」

それに応えず、大宮玄馬が脇差を抜いた。

「いさぎよく、主に殉ずると」

脇差と刃渡りは似ているが、反りのない忍刀を松葉が抜いた。

「援護頼んだ」

「任せろ」

松葉の言葉に、室生がうなずいた。

「しゃああ」

忍刀を頭上に掲げて、松葉が跳んだ。

「せっ」

その下を室生の放った手裏剣が空を切り裂きながら、大宮玄馬を襲った。

手裏剣を弾けば、頭上からの忍刀に対応できず、松葉を斬ろうとすれば手裏剣が刺さる。最悪、松葉は犠牲になるが、確実に大宮玄馬を討てる、必勝の策であった。

「頭上」

「はっ」

聡四郎の命がして、大宮玄馬は手裏剣を意識から飛ばした。

「えっ」

「なぜ……」

倒れていた聡四郎が半身を起こし、鞘ごと抜いた太刀で手裏剣を叩き落とした。

「せいやあ」

大宮玄馬が脇差にひねりを入れながら突き出した。

「わああ」

あわてて松葉が忍刀を振って大宮玄馬の一撃を受け止めようとしたが、ねじりの力をこめた脇差に弾かれた。

「……ぐうう」

空中にいては姿勢を変えられない。しかも大宮玄馬に向けて自ら突っこんでいる最中なのだ。そのうえ忍刀を弾かれてしまっては、防御のしようもない。

胸板をしたたかに貫かれた松葉が即死した。

「…………」

さすがに仲間の名前を口にするほど愚かではなかったが、室生も身動きできなかった。

「喰らえ」

まだ転んだままで、一放流の技を遣うことはできないが、呆然としている相手には単なる薙ぎで十分であった。

下腹を存分に割かれた室生がこぼれ出る腸《はらわた》を両手で押さえようとした。

「……腸が出てしまう。防げぬ」

室生があきらめの声を出した。

血まみれの手から、青白い腸が地面へと落ちた。

「あ、あああ」

「げ、げえええ」

傘助が吐いた。

「くそお、なぜ生きている」

室生が聡四郎を睨みつけた。

「背負《せお》で受けたからな」

聡四郎が背を見せた。背負っていた袋に矢が突き刺さっていた。

「そのていどならば、貫けるはず」

「貫いたぞ。背中に少々突き刺さっているからな」

「と、殿」

答えた聡四郎に、大宮玄馬が慌てた。

「大事ない。少し傷が入ったくらいじゃ」

聡四郎が手を振った。

「…………」

崩れ落ちながらも室生は納得しない目をしていた。

「紙子《かみこ》と握り飯だ」

紙子とは和紙で作った襦袢《じゅばん》や浴衣などのことだ。軽いうえに小さく折りたたんで持ち運べるだけでなく、汚れれば捨てられるという簡便さで、旅によく用いられた。また、和紙は固い草木の繊維を漉《す》きこんでいるため、刃物に強く、戦のおりに好んで着こむ武将もいたほどであった。

聡四郎は背負を下ろした。矢は握り飯と紙子を貫いてはいたが、背負から出ている部分は、ほんの先だけであった。

「馬鹿な……」

室生が嘆息した。

「まあいい。無駄ではなかった」

小さく室生が笑った。

「矢の先には鳥兜《とりかぶと》が塗ってある。助からぬぞ。伊賀者の周到さを思い知ったか」

「きさまっ」

勝ち誇った室生に、大宮玄馬が駆け寄った。

「残念だな。折角の鳥兜だが、握り飯に吸われたようだぞ」

聡四郎がなんともないと立ちあがって見せた。

「そんな……」

室生が愕然とした。

「天に見放されたか、我らの思いかなわず」

がっくりと室生が首をうなだれた。

「大丈夫でございますか」

大宮玄馬が血相を変えた。

「少々傷口がしびれているがな。それ以上はなさそうだ」

「いけませぬ。ごめんを」

聡四郎の返答を聞いた大宮玄馬が、許しも得ずに着物をくつろげた。

「ここでございますな」

少し赤くなっているところに、大宮玄馬はためらいなく唇を押し当て、毒を吸い出した。

「……すまぬな」

聡四郎は感謝を口にした。

「……はっ」

動かなくなっていた室生が、懐へ手を入れるなり手裏剣を摑《つか》み、投げつけた。

「ふん」

あっさりと聡四郎は手にしていた鞘ごと抜いた太刀で撥ねた。

「なんど忍と戦ったと思っているのだ。忍は確実に息の根を止めるまで油断できぬと骨身に染みておるわ」

聡四郎は室生を見下ろした。

「……無念」

悔やみながら、室生が目を閉じた。

「……油断でございました」

大宮玄馬が頭を垂れた。

「いや、吾が身を案じてのことだ。叱りはせぬ」

聡四郎が大宮玄馬を慰めた。

「しかし、しつこいな」

「他にもおるやも知れませぬ」

大宮玄馬が脇差を構えて、警戒した。

「大丈夫か」

着物を整えた聡四郎は、転んだ猪太を気遣った。

「へい。幸い、足もくじいちゃいませんが……」

穴のなかで猪太が首を横に振った。

「へんな臭いが」

猪太が嫌そうな顔をした。

「ああ、いささか斬り合いがあってな。二人討った。かなり酷《ひど》い状況であるからな。覚悟して上がって参れ」

聡四郎が忠告した。

「げっ。ご勘弁を」

と言ったところで穴のなかにいつまでもおられるわけもなく、聡四郎の伸ばした手にすがって猪太が上がってきた。

「うへっ」

惨状に猪太が声を失った。しかし、言われていたからか、吐くことはなかった。

「傘助を見てやれ」

「へい。おい、大丈夫か」

聡四郎の指示に、猪太がまだ両手を地面に付けて呻いている傘助の介抱を始めた。

「……どうやら怪しい者はおりませぬ」

しばらくして大宮玄馬が肩の力を抜いた。

「ご苦労だったな。さて、いつまでもここにおるわけにもいかぬ。とりあえず、畑の立て場まで行こう」

聡四郎が促した。

「殿さま、こいつらは」

蒼白な顔で傘助が訊いた。

「放っておく。かかわりだとなれば、足留めを喰らう」

捨てていくと聡四郎は告げた。

旗本が忍に襲われたとなれば、目付が出てくる。一方的に襲われたと言ったところで、目付たちが聡四郎を貶《おとし》める好機を見逃すはずはない。少なくともはっきりと経緯がわかるまで、屋敷で謹慎させられる。

「上様のお声掛かりでも……」

大宮玄馬が吉宗がいれば大丈夫だろうと首をかしげた。

「お声掛かりというのは、何度も使うものではない。一人への寵愛は敵を増やす」

聡四郎は苦い顔をした。

将軍の寵愛を受けている家臣に表だって刃向かう者はいない。

「あの者は、このようなことをわたくしに」

こう将軍に告げ口されたら、まちがいなく咎められる。

とはいえ、贔屓《ひいき》にされている者を見て、納得できる者は少ない。ましてやそれが役人で出世を争う相手ならば、なんとかして足を引っ張ろうとする。

「あやつの仕事か。ならば放置しておけ」

「なになにが要るだと。手配はしておくが、質の悪いものでよかろう」

小役人ほど、こういった卑劣なまねを得意としている。目に見えないところで、あるいは見えたところで言いわけの利くやり方をもって嫌がらせをしてくる。

聡四郎は形だけとはいえ、吉宗の娘婿になる。いわば身内扱いで、吉宗の幼なじみであった加納近江守と並ぶ腹心と目されている。

加納近江守はまだいい。吉宗が子供のころから仕えていたという歴史がある。いわば扶育役であった。

扶育役は男子が生まれたときに付けられ、その男子が将軍となったときには、側用人あるいは老中として、政を担うのが慣例となっているからだ。

しかし、聡四郎は違った。そもそも出は五百五十石ほどの旗本で、本来ならば勘定方として算盤をはじいていなければならない。それが紀州藩主だった吉宗の目に留まり、惚れていた女を養女にされて降嫁《こうか》、そして抜擢を受けた。

歴史がない、功績がない、そして家柄がない。

その聡四郎が吉宗によって引き上げられていく。家格が寄合格になったのも問題になった。

これらはすべて嫉妬から来ている。それを表に出すかどうかだけの違いで、嫉妬は役人であるかぎり、かならず持っている。一人、聡四郎だけが優遇されている。それが腹立たしいからという理不尽な理由ながら、人としての根本でもある競争心に根付いたものだけに始末が悪い。

だが、それ以上にまずいのが恐怖であった。

「勘定吟味役、続いて御広敷用人、金と女、幕府に大きな影響を持つ二つをあやつは任された。では、次はなんだ。我らの牙城に喰いこんでくるつもりではなかろうな」

聡四郎の役目がどちらも吉宗の言う改革に強くかかわっていた。そして、どちらも吉宗の目的に沿うような結果を出した。

勘定吟味役は、吉宗が将軍と決まった直後に離任しているが、聡四郎がその前から吉宗と交流していたことは、幕府の誰もが知っている。聡四郎が勘定吟味役であった間に、勘定奉行荻原近江守《おぎわらおうみのかみ》は悪貨鋳造などを咎められて失脚、幕府に喰いこんでいた豪商紀伊国屋文左衛門《きのくにやぶんざえもん》は、行方知れずになっている。

また、大奥を取り仕切る御広敷用人であったときは、竹姫を御台所にすることはできなかったが、吉宗に反発していた天英院を押さえこみ、金を湯水のように使っていた月光院《げっこういん》をおとなしくさせている。

聡四郎は二度とも吉宗の意に叶うだけの結果を出している。

いや、吉宗が聡四郎を使って、幕政の滞りに流れを生み出しているのだ。慣例と前例を金科玉条《きんかぎょくじょう》として生きている旧態依然たる役人にとって、新しい流れほど嫌なものはない。

聡四郎が来る。

これは、吉宗がその役目に手を入れるという意味であり、結果を出すために思い切って大鉈《おおなた》を振るうという宣言でもあった。

「どうやら、上様は目付がお気に召さないらしい」

聡四郎は目付と一度やりあっている。殿中法度を盾に、竹姫の命を守った功績者である聡四郎を排除しようとした目付が、吉宗の怒りを買って減禄、家格落ちとなった。

旗本のなかの旗本、我らこそ法度と自負している目付にとって、吉宗の裁断はありえていいものではなかった。目付は皆、無事に任を果たし、遠国奉行などへ栄転していかなければならないと思いこんでいる。そこに波風は不要であった。

「なんとしてでも吾を排除したい目付衆だ。少しの傷でも嚙みついてくるだろう。一度くらいならば、上様のお声掛かりで止められても、回数を重ねると反発が強くなる。上様へ批判の声があがってはならぬのだ」

聡四郎は首を左右に振った。

「浅慮でございました。参りましょう。猪太、傘助、急ぐぞ」

「へ、へい」

「……………」

大宮玄馬に促された猪太と傘助がよろよろと立ち上がった。

湯本の分かれ道から畑の立て場までは近い。小半刻ほどで一行は休憩場所と考えていた畑に着いた。

「昼餉を摂りたい。奥座敷が空いていれば案内してくれ」

聡四郎は銭を数枚茶店の親爺に握らせた。

「どうぞ、お使いくださいやし」

茶店の親爺が、一行を四畳ほどの座敷へ案内した。

箱根の山道の途中にある茶店である。畳なぞなく、板張りの上に薄い茣蓙《ござ》が敷かれているだけであった。

「なにかあたたかい汁ものがあれば、それを人数分と握り飯を二人前用意いたせ」

「へい」

聡四郎の注文に、親爺が応じた。

「猪太、傘助」

親爺が出て行ったのを確認して、聡四郎が座敷の隅でうなだれている小者二人に呼びかけた。

「雇う前に申していたのがこれだ。この後も同じようなことが起こるかも知れぬ。とても付いてはこれぬというならば、三島《みしま》の宿で辞めていい」

ここで辞められては荷物を聡四郎と大宮玄馬で持たなければならなくなる。足場の悪い峠道で身動きに制限がかかっては困る。

三島までは供してくれと聡四郎は条件を付けた。

「殿、それは甘すぎましょう」

聡四郎の発言に、大宮玄馬がわかっていたことだと反発した。

「言ってあったとはいえ、現実にこうなるとは思ってもいなかろう。衝撃を受けても当然だ。玄馬、そなたも初めて人を斬ったときは、死人のような顔色をしていたではないか。吾もそうであった。覚悟のある武士たる我らでさえそうなのだ、小者にはきつかろう」

厳しいことを言うてやるなと聡四郎が宥めた。

「はあ」

思い出したのか、大宮玄馬の剣幕が弱くなった。

「どうだ」

聡四郎が猪太と傘助に返答を求めた。

「殿さま」

まだ元気なほうの猪太が顔をあげた。

「襲われるかもしれないというのは、伺っておりやした。ですが、あそこまで悲惨だとは思ってもおりませんでした」

猪太が目を閉じた。

「……いいな、傘助どん」

しばらくして目を開けた猪太が傘助に確認を求めた。

「いいともよ、猪太どん」

傘助が蒼白な顔色で首肯した。

「情けないさまをお見せしたあとで、このようなことを申しあげるのはなんでございますが……」

猪太が表情を引き締めた。

「よろしければ、このままご奉公を続けさせていただきたく」

「お願いをいたしまする」

二人が手をついた。

「それは助かるが、よいのか」

確かめるように、聡四郎は訊いた。

「このまま江戸へ帰ったんじゃ、相模屋の旦那に合わせる顔がございやせん」

「相模屋さんに顔出しできないということは、江戸で仕事を探せなくなるのも同じ」

猪太と傘助が語った。

江戸一番と言ってまちがいない相模屋である。そこの主、伝兵衛の顔を潰したとあっては、どこの口入れ屋も相手をしてくれない。ならばと江戸を売ってどこかへ行こうとも、地方ほど人の動きは少なく、地元の者が優先され、流れてきた者にまともな仕事など斡旋《あっせん》されるはずもない。

全国から仕事を求めて人が集まる江戸なればこそ、なんとか今まで働いてこれたのだ。

「命をかけてとは申しません。今度、ああいったことがあれば遠慮なく逃げさせてもらいます。それでもよろしければ……是非、これからもご奉公をさせていただきますよう」

「お願いをいたしまする」

猪太と傘助が頭を垂れた。

「助かる」

聡四郎は素直に受け入れた。もともと逃げるようにと伝えている。あれだけのことを経験しながら、まだやれるという二人に、聡四郎は感動していた。

「無事に江戸へ帰り着いたなら、二人とも当家で召し抱えるゆえな」

覚悟のできた奉公人は得がたい。聡四郎は猪太と傘助を江戸に帰ってからも雇い続けると宣言した。

「お抱えくださる……」

「そいつは、うれしいことで」

二人が手を叩いて、喜んだ。

武家の奉公は、その日暮らしの人足にとってたいへんありがたいことであった。一日いくらで雇われる人足仕事は、雨が続けばなくなるし、病や怪我でも働けなくなる。働かなければ、金は入ってこない。それこそ十日も雨が続けば、人足の多くは干上がる。

食い扶持だけではなく、長屋の店賃も払えなくなれば、追い出されてしまう。身体を壊して働けなくなれば、あっという間に野垂れ死にとなる。

それが武家奉公になると違ってきた。

武家奉公の給金は安い。中間で年間二両から三両くらいしかもらえない。雑用をこなすだけの小者になると、二両もらえるかどうかであった。

しかし、武家に奉公すると屋敷のなかに住居が与えられる。表門横の三畳から四畳ていどの小部屋だが、店賃は取られない。そして、なにより大きいのは三度の食事が支給されることだ。

武家は泰平でも戦時に対応していなければならなかった。禄を与えている家臣は別だが、そうでない中間や小者の面倒は当主の役目であった。

戦場で兵糧を用意するのと同じように、平時の食事も家が負担した。もっとも飯と汁と漬物だけで、なにか祝い事のあるときには魚が付くていどでしかないが、飢えることはない。

当然、奉公人を抱えれば給金の他に、今言った食費も含め、いろいろと費《つい》えがかかる。しかも世は泰平、戦なんぞ起こるはずもない。

いざというときのために抱えていて、なにもなければ無駄飯喰らいになる。物価が上がっても禄が増えない武家は、もっとも大きな出費である奉公人を削る。

昨今、百万石の前田《まえだ》家でさえ、中間の多くは要りようなときだけ雇うようになっており、まず正式な奉公人を抱えるところはなかった。

「そろそろ行こう」

昼餉を終えた聡四郎は、一同を促して箱根関所へと歩を進めた。

一応、道中奉行副役については様子を見ると決まった目付衆の対応だったが、全員が納得したわけではなかった。

三

野辺三十郎は一人、目付部屋の真上にある小部屋で顔をゆがめていた。

この小部屋は、目付が任のための資料を調べたり、配下である徒目付に指図を出したりするために使われた。老中、同僚でも監察する目付、その仕事の機密を守るため小部屋はかならず一人で使用した。

「大名、代官に命じて、いろいろな面倒事を押しつける。それだけでよいのか」

野辺三十郎は憤慨していた。

道中奉行副役という限りは、街道にかかわるもめ事、雑事などを解決しなければならない。なにも成果なく、江戸へ戻ってきたならば、物見遊山《ものみゆさん》だったという非難を浴びる。巡回の費用を幕府は出している。金蔵から小判が溢《あふ》れていた幕初ならばまだしも、諸事倹約を将軍自らが言い出しているときに、ただ金を浪費しただけとあれば、吉宗もかばいにくい。

「慣れていない水城に、雑事をうまく捌《さば》けるはずはない。そう、他の目付たちは考えているが、あの吉宗の腹心だ。養女の婿だからといって、無能を重用するほど吉宗は甘くない。かえって手柄を立てさせることになりかねぬ」

野辺三十郎は、聡四郎を警戒していた。

さまざまな街道にかかわる不都合を聡四郎がまとめて帰府すれば、その才能と吉宗の判断は正しいと認められる。

「吉宗が漏らした道中目付という言葉……それが実現してしまう」

将軍の後押しと実績があれば、老中たち御用部屋も賛成する。反対するだけの材料がないのだ。うかつに反論をしたら、吉宗からものを見る目がない者として職を奪われるかも知れないからだ。

「我ら目付の管轄が侵食される」

目付の仕事は江戸だけではなく、全国である。もっとも江戸育ちで旗本としての矜持が高いため、箱根、白河《しらかわ》、碓氷《うすい》をこえたくないのと、出世するには老中や若年寄に見られている江戸城中で働くのが確かという理由で、地方へ出向かないだけである。

いわば怠慢で放置しているだけなのだが、それを奪われるとなると話は変わった。

「吉宗という男は、一度退《ひ》けば、かならずそこに付けこんでくる」

遠国のことは道中目付に任せるとなったとして、江戸の城内、城下は目付のもので、大した影響はないと思っていれば、痛い目に遭うことになる。

「日本橋が東海道の起点である。日本橋までは道中目付の担当となす。同じように、内藤新宿《ないとうしんじゆく》、千住《せんじゆ》、板橋《いたばし》も預ける」

かならず吉宗は目付の力を削《そ》ぎにかかる。

「狭山壱ノ丞は露骨に過ぎた。そういえば、狭山は御三家といえども遠慮せずに注意をしていた」

野辺三十郎が小さく首を左右に振った。

御三家の当主も江戸城では家臣として扱われる。格別な家柄として尊敬はされるが、城中法度には従わなければならない。それでもよほどのことがないかぎり、目付も御三家には絡まないが、なぜか狭山壱ノ丞はよく小言を喰らわしていた。

「先日まで、目付の顔色を気にする紀州藩主でしかなかった吉宗を、少し懲らしめてやろうと思ったのかの。まったく、馬鹿なまねをした」

さすがに将軍となった吉宗へ文句は付けられない。その代わりとして狭山壱ノ丞は聡四郎を咎めようとしたのかも知れなかった。

「法度に従えば、狭山壱ノ丞の言いぶんはまちがってはいない。ただ、まちがっていないだけで、誰が聞いても正しくはない。理に適《かな》っていない論は、ただの嫌がらせだ」

野辺三十郎も狭山壱ノ丞の言動は、やりすぎだと感じていた。

「あれが、吉宗を目付の敵にした」

貴人を守るために、付き人が戦うのは当たり前である。どころか、そもそも侍の語源であるさぶらうとは、側にいて護衛を担うということなのだ。

竹姫を襲われた聡四郎が御広敷で太刀を抜いて曲者《くせもの》を迎え撃ったのは、武士として正しい所業であり、褒められる行為であった。

ましてや竹姫は、吉宗のお気に入りである。その竹姫を守った聡四郎を責めるのは、吉宗の機嫌を悪くすると三歳の子供でもわかる。

「水城の功績を讃えずともよい。あそこは、狼藉《ろうぜき》を働いた連中の後ろにあるものを暴くべく動くのが正解であった」

野辺三十郎が嘆息した。

「襲撃してきた者どもの背後にあり、使嗾《しそう》した者の正体を探るべく、目付をあげて探索に入りたく、お許しを願いまする。こう、狭山壱ノ丞は言うべきであった」

覆水は盆に返らない。狭山壱ノ丞の愚行で、吉宗と目付は敵対した。

「吉宗は目付の権を小さくしようと考えている。それに我らは対抗せねばならぬ。だが、目付も一枚岩ではない」

目付といえども旗本でしかない。主君たる吉宗に生殺与奪の権を握られている。

「裏切り者が出ることも考えねばなるまい」

すでに野辺三十郎は吉宗に名前を覚えられてしまった。今更、吉宗にすり寄ってはいけない。

「水城に手柄を立てさせてはならぬ。そのためには一人でも戦う」

決意した野辺三十郎は立ちあがった。

「誰ぞ、一人参れ」

小部屋の襖を開けて、廊下を挟んだ向かい側の部屋に野辺三十郎が声をかけた。

「ただちに」

すぐに返答が聞こえ、襖が開いた。小部屋の向かいは徒目付の控えで、いつでも目付の用に応えられるようにしていた。

徒目付は独自に御家人を監察する権を持ってはいるが、そのじつは目付の配下でしかなかった。

「上様に目通りさえできぬ、身分低き者などどうでもよい」

旗本という意識の強い目付は、御家人を武士として見ていない。中間、小者と同じで、ものの数ではないと考えていたため、徒目付による御家人監察を無駄だと断定していた。

「そのようなことより、我らの崇高なる任を進めるべきだ」

目付は徒目付を己の家臣同様に扱っている。そして、徒目付は目付の指示に逆らえなかった。目付には徒目付の任免を左右する力があるからであった。

「こっちへ来い」

顎で命じて、野辺三十郎はふたたび小部屋へ戻った。

「御免」

急いで付き従った徒目付が、小部屋に入り、襖を閉めた。

「名前は」

「小高佐武郎《おだかさぶろう》でございまする」

問われた徒目付が名乗った。

「小高か。覚えた。そなたに密命を与える」

「はっ、謹んで承りまする」

内容も聞かず、小高佐武郎が受けた。

これも徒目付の慣例であった。徒目付は目付の指示を、一切の異論を挟むことなく引き受けるのが決まりであった。

「そなた、足は速いか」

「一刻いただければ、八里（約三十二キロメートル）は行けまする」

問われた小高佐武郎が答えた。

「一日だとどのくらいだ」

「試したことはございませぬが……一昼夜あれば三十里（約百二十キロメートル）はなんとかできると思いまする」

小高佐武郎が少し考えて告げた。

「駿府《すんぷ》までならば、二日で行けるな」

「箱根の関所が開いていれば……」

口にした野辺三十郎に、小高佐武郎が条件があると言った。

「関所か……それはいたしかたない」

天下の謀反を見張るのも目付の役目である。一刻を争う謀反への対応だとして目付御用の書付を用意すれば、夜中でも関所は通れる。しかし、それを出せば、箱根の関所に野辺三十郎の名前が記録されてしまう。

「今から書状を書く。それを急ぎ、駿府町奉行の遠藤讃岐守《えんどうさぬきのかみ》どのに届けよ。関所での足留め以外、止まることを許さず」

「……はっ」

無茶を押しつけてきた野辺三十郎に、小高佐武郎が手を突いた。

「讃岐守さまといえば、三年前に目付から転じていかれたお方」

「そうじゃ。知っておるのか」

「二度ほど、御用をさせていただきましてございまする」

小高佐武郎が応じた。

目付から駿府町奉行は栄転であった。権力は大きいが、目付の格はそれほど高くない。目付は御先手弓頭《おさきてゆみがしら》の下、奥医師よりも低い。対して駿府町奉行は小姓、小普請組支配よりも上になる。役職における席次でいけば、じつに二十以上の差があった。

「拙者もずいぶんとご指導いただだいた」

満足そうに野辺三十郎もうなずいた。

「なにか、格別にお報せすることはございましょうや」

手を突いたままで、小高佐武郎が問うた。

書状にすべてを記すのは大きな危険を伴った。途中で書状が奪われたり、なくしたり、盗み見られたりしたら、すべてが他の者に知られてしまう。

そこで、肝心な部分を口頭で伝えることは、ままあった。

「よく承れ」

申し出た小高佐武郎へ、野辺三十郎が声を潜めた。

「じつは……」

小高佐武郎に野辺三十郎が、聡四郎が道中奉行副役の任に就いた経緯を語った。

「……でじゃ、新しい監察を認めることはできぬ。目付で不満ならば、大目付を使えばいい。大目付の一人が道中奉行を兼任しているのだ。隠居部屋と陰口をたたかれる芙蓉《ふよう》の間から外へ出せばすむ」

野辺三十郎は大目付への尊敬や遠慮をせず、述べた。

「…………」

大目付は三千石高の役目で、百俵高五人扶持の徒目付からすれば、雲の上なのだ。うかつに同意、あるいは否定してはまずいときが多い。

小高佐武郎は無言で聞いた。

「新たな監察の芽を摘む。これに目付が直接かかわるのはよろしくない」

誰が見ても嫉妬あるいは、食い扶持が減るのを嫌がっているとしか思われず、どう言いわけしても、世間の同意を得るのは難しい。

「そこで遠藤讃岐守どのにお願いする。讃岐守どのならば、目付の事情もよくおわかりである。塩梅《あんばい》もうまくなさるであろう」

「よろしいのでございまするか」

遠藤讃岐守を巻きこむという野辺三十郎に、小高佐武郎が懸念を表した。

「大事ない。見返りはもちろんある」

「見返り……」

告げた野辺三十郎に、小高佐武郎が首をかしげた。

「上様に不満を持っているのが、我ら目付だけではないということだ。ご執政のなかにも、御三家のなかにもな」

暗に吉宗を嫌っている者は多いと野辺三十郎が言った。

「その方々に遠藤讃岐守どのの功績を囁くだけでいい。遠藤讃岐守どのは駿府町奉行で終わられる方ではない」

野辺三十郎が続けた。

「……わかりましてございまする」

褒賞を約束しているわけではないとわかったが、それを指摘するほど小高佐武郎は愚かではなかった。

「しばし待て」

そう言って野辺三十郎が書状を認めた。

「……よし。これを遠藤讃岐守どのへ。あと口述として、水城のことはお任せする。できれば、江戸へ帰って来られぬようにしていただきたいと」

「…………」

聞いた小高佐武郎が小さく震えた。

「ああ、勘違いするな。吾が申したのは、功績がないどころか失敗を重ね、恥ずかしくて上様へ帰府の報告ができぬようにとの意味だぞ」

野辺三十郎がわざとらしい説明を付けた。

「……はい」

納得した返事をしたが、小高佐武郎はその通りだと思ってはいない。

「言わずともわかろうが」

顔に出ていたのか、野辺三十郎が小高佐武郎を睨みつけた。

「他言は無用ぞ」

「重々わかっておりまする」

釘を刺した野辺三十郎に、小高佐武郎が今度は強く首を縦に振った。

目付衆の決定を無視し、将軍が勅命《ちよくめい》を下した旗本の邪魔をする。これはあきらかな法度違反である。このことを他の目付に告げれば、野辺三十郎は厳しい咎めを受ける。まず、目付は解任され、取り調べ次第では切腹、改易まであり得る。

だが、徒目付がそれをすることは絶対になかった。

たしかに小高佐武郎の密告は、徒目付として正しい行為ではある。とはいえ、上司を売ったには違いない。それも目付という機密を扱う役目に従うべき、徒目付の造反になる。

小高佐武郎は手柄を立てたことになるが、それを誰も認めてはくれない。目付から命じられたことは、他言してはならないのをわかっていながら破る。

今後、他の目付が小高佐武郎を使うことは決してなくなる。

それだけならまだいい。徒目付本来の役目である御家人監察に励めばすむ。それだけでは終わらなかった。

「今の徒目付は使えぬ」

小高佐武郎とかかわっていない他の徒目付までとばっちりを受けることになる。

「あやつのために」

当然、徒目付たちは気分を害する。

「おぬしがおるゆえ、我らまで誹《そし》られるではないか」

「上役を売るような者が、武士だと。笑えもせんわ」

小高佐武郎への風当たりが強くなる。

「……体調優れず、お役を辞したし」

上司、同僚から阻害されても役目にしがみつける者は少ない。早々に身を退くことになる。

「お役目精励に付き、お太鼓役《たいこやく》に任じる」

それでも耐えていれば、形だけの昇進、そのじつは左遷という羽目に遭う。

戦場で進軍、退却を報せた太鼓役など、泰平の役には立たない。格だけは徒目付よりも上だが、役高は持ち高勤めになり、もらえていた五人扶持も取りあげられる。

その上、閑職で出世の望みはなくなる。いや、持ち高勤めでは、城へ上がるための用意をするだけ、持ち出しになってしまう。百俵やそこらの御家人は、喰うだけでかつかつな場合がほとんどである。わずかな赤字でも続けば、いつか家計が保たなくなり、自ら役目を捨てることになった。

徒目付の正義は、目付の掌中にあり、逸脱はその身を滅ぼすだけであった。

「よし、行け」

小高佐武郎の応答を認めた野辺三十郎が手を振った。

徒目付は目付の指示で不意に出ていく。目付の用は急迫のことが多く、屋敷へ帰って十全な準備をとはいかない場合がほとんどであった。

とはいえ、貧しい徒目付が、そのための金を用意していることなどない。

「お役を言いつかって、しばし旅に出る」

小高佐武郎は徒目付控えに戻ると、常備している紙子と竹筒などを身につけ、当番の徒目付に費用の支給を求めた。

「わかった」

月番で交代する当番の徒目付が、文箱《ふばこ》のなかから五両取り出して小高佐武郎に渡した。

「名前を書け」

「わかっている」

小高佐武郎が差し出された帳面に、日時と名前を入れた。

どこへ行く、どれほどの金が要るというのは訊かないのが決まりであった。旅程の日数がわかるだけで、どのあたりまで行くのかの予想が付くからだ。もっとも、実際に使った残りは返金しなければならないのが決まりではあるが、こういった密事である。厳密な精算は求められていない。ただ、限度を決めておかないと無駄に金を使うことになるため、江戸からもっとも遠い薩摩《さつま》まで行き、用をすませた後帰府するだけの費用として五両が出された。

そのすべてを使ったとして返金がなくても、とやかくは言われない。帳面へ記載するのは、誰が何度遠国御用を務めたかを見るためであり、あまりに頻繁で、何度も返金がないときの証拠とするためであった。

金を預かった小高佐武郎は、江戸城を出ると、その足で駿河へと向かった。

江戸から駿河まではおよそ五十里（約二百キロメートル）ある。

「今から出たら、小田原までは行ける。できれば湯本まで足を延ばしたい」

小高佐武郎が予想をつけた。

小田原は、江戸から駿河へのほぼ中間になる。今日中に小田原をこえ、湯本まで入っておけば、翌日関所が開くなり通過できる。関所さえ過ぎてしまえば、なんとかその日のうちに駿河へ到着できた。

「こんな危うい役目、さっさとすませて、縁を切りたい」

足を速めながら、小高佐武郎がぼやいた。

木っ端《こぱ》役人にすぎない徒目付にとって、聡四郎が道中目付になろうがどうしようが影響はない。いや、道中目付が新設されたほうがありがたい。頭だけがいて、下役がいない役目などあり得ず、かならずや下僚が募集される。

禄だけでは喰うのも厳しい貧乏御家人にとって、役目にありつけるかどうかは死活問題である。たかが五人扶持とはいえ、徒目付になったことで小高佐武郎が一息吐けたのは確かなのだ。

親戚や友人に、その新設された役目を回すだけの力は、小高佐武郎にないが、それでも明るい話をできるのはうれしい。

だからといって、この書状を届けないとか、話をゆがめるとかする気はない。こういった危ない遣り取りは、互いに確認を取り合うのが役人の性である。

「そんな使いは来なかったぞ」

「どうやら話が違うようだ」

後日、野辺三十郎と遠藤讃岐守の話が合わなければ、小高佐武郎が疑われるのは必定《ひつじょう》であり、それは身の破滅に繋がる。

「上様に知られたところで、拙者まで累《るい》は及ばぬ」

将軍は目通りさえできない御家人のことなど気にもしていない。この策がばれたところで、咎めを受けるのは野辺三十郎と遠藤讃岐守であり、その走狗でしかない小高佐武郎への影響は少なかった。

「拙者は飛脚。飛脚は荷を届けるだけ、余計な思いを持たぬ」

己に言い聞かせるように呟きながら、小高佐武郎が足に力を入れた。

「なんだ、あれは」

走るような速度で東海道を上る小高佐武郎に、追い抜かされた旅人が目を剝いた。

「ありゃあ、人やない天狗や。よくないことが起こらなければいいが」

旅人は験《げん》を担ぐ。

立ち止まって小高佐武郎を見送った旅人が、眉をひそめた。

光文社文庫

文庫書下ろし／長編時代小説
旅《たび》　発《だち》　聡四郎巡検譚《そうしろうじゅんけんたん》
著者　上《うえ》田《だ》秀《ひで》人《と》

2018年 1 月20日　初版 1 刷発行
2023年 4 月 5 日　7 刷発行

発行者　三宅貴久
印　刷　萩原印刷
製　本　ナショナル製本

発行所　株式会社　光文社
〒112-8011　東京都文京区音羽1-16-6
電話（03）5395-8149　編集部
8116　書籍販売部
8125　業務部

ISBN978-4-334-77583-4　Printed in Japan

組版　萩原印刷

KOBUNSHA